Friedrich Wilhelm Beneke

Der phosphorsaure Kalk

Anatiposi

Friedrich Wilhelm Beneke

Der phosphorsaure Kalk

Unveränderter Nachdruck der Originalausgabe von 1850.

1. Auflage 2023 | ISBN: 978-3-38240-013-2

Anatiposi Verlag ist ein Imprint der Outlook Verlagsgesellschaft mbH.

Verlag: Outlook Verlag GmbH, Zeilweg 44, 60439 Frankfurt, Deutschland
Vertretungsberechtigt: E. Roepke, Zeilweg 44, 60439 Frankfurt, Deutschland
Druck: Books on Demand GmbH, In de Tarpen 42, 22848 Norderstedt, Deutschland

DER

PHOSPHORSAURE KALK

BENEKE

1850

Der

phosphorsaure Kalk

in physiologischer und therapeutischer

Beziehung.

Ein Beitrag

zur physiologischen Heilkunde

von

Friedr. Wilh. Beneke, M. D.

Hausarzt am deutschen Hospitale in London.

Göttingen

bei Vandenhoeck und Ruprecht.

1850.

Den

Herren Hofräthen und Professoren

Dr. Rudolph Wagner

und

Dr. Friedrich Wöhler

zu Göttingen

im Gefühle aufrichtigster Dankbarkeit und Hochachtung

der Verfasser.

Ich wage es, Ihnen, hochverehrte Lehrer, dieses kleine Schriftchen zu widmen; möchte es Ihnen einen Beweis liefern, daß ich im fernen Lande der deutschen Wissenschaft nicht vergessen habe, daß mich die freudigste Erinnerung oft an den Ort führt, wo ich vor einigen Jahren das Glück hatte, zu Ihren Schülern zu gehören, daß ich stets dankbar der Stunden eingedenk bin, in denen Sie Lust und Liebe zu den medicinischen Studien in mir anregten. Glücklich an einer Anstalt thätig zu sein, welche mir kein zu großes, aber ein sehr reichliches Material zu wissenschaftlichen Beobachtungen liefert, hoffe ich Ihnen im Verlaufe der folgenden Jahre weitere Beweise meiner Thätigkeit vorlegen zu können; nicht in der großen Menge der

Beobachtungen, sondern in der Qualität derselben werde ich dabei einen Werth suchen. Bei der Mangelhaftigkeit des physiologisch-chemischen Theils unseres medicinischen Wissens, scheint es mir in der That eine der Hauptaufgaben unserer Zeit zu sein, sich genauer, als es bisher geschehen ist, mit den zugänglichen Angriffspunkten pathologischer Processe bekannt zu machen, die Anfangs- und Endpunkte der pathologischen Stoff-Metamorphosen im Organismus zu studiren, um von da aus dann auf unzugängliche Mittelglieder Rückschlüsse versuchen zu können. — Unsere Aufgabe ist nicht mehr, mit der Kenntniß pathologisch-anatomischer Grundlagen, mit der Fähigkeit durch physikalische Untersuchung und Auffassung des objectiven Thatbestandes richtige

Diagnosen zu stellen, mit dem Erlernen erfahrungs- und nicht erfahrungsmäßiger Heilmethoden erfüllt; selbst die weite Ferne des hohen Zieles einer Erkenntniß des gesammten einzelnen Krankheitsprocesses darf uns nicht abschrecken von dem Versuche, auf allen möglichen Bei- und Umwegen demselben näher zu kommen.

Sollten die vorliegenden Zeilen eine nachsichtige, freundliche Beurtheilung Ihrerseits finden, dann möchte ich Sie bitten, nicht mir, sondern vielmehr den Männern, auf deren geistreiche Forschungen ich meine Untersuchungen stützte, das etwa darin enthaltene Verdienst zuzuschreiben; v. Liebig und Schmidt sind es, denen wir jene Forschungen danken. — Das Einzige, was mir oblag, war, diese Erfahrungen auf dem

Gebiete der vergleichenden Physiologie für die Praxis brauchbar zu machen, eine Aufgabe, deren Erfüllung bei solchen Vorlagen, wie ich sie hatte, nicht schwierig ist. —

Nehmen Sie, hochverehrte Lehrer, diesen kleinen Beweis meiner steten Dankbarkeit freundlich auf, und schenken Sie ihm dieselbe Nachsicht, welche Sie mir stets zu Theil werden ließen.

London, den 8. November 1849.

Der Verfasser.

Als ich im vorigen Jahre in Griesingers Archiv für physiologische Heilkunde einige Bemerkungen „über den phosphorsauren Kalk in physiologischer und therapeutischer Beziehung" veröffentlichte, stellte ich das Resultat meiner damaligen Beobachtungen als fraglich hin und gab die Entscheidung über dasselbe künftigen Erfahrungen anheim. Leider habe ich eine längere Zeit hindurch durchaus von der Verfolgung jenes Gegenstandes abstehen müssen; nur in den letzten 3/4 Jahren ist es mir vergönnt gewesen, am deutschen Hospitale in London die Beobachtungen mit wünschenswerther Genauigkeit fortzusetzen. Allein diese kurze Zeit hat genügt, einerseits die früheren Resultate zu bestätigen und andrerseits Erweiterungen und Berichtigungen der damaligen Ansichten zu ermöglichen. Ich sehe mich daher im Stande schon jetzt einzelne feststehende Resultate zu veröffentlichen und beeile mich damit um so mehr, als sie mir einer weitern Verbreitung werth zu sein scheinen. — Es ist nicht sowohl der Gewinn eines einzelnen feststehenden Factums, eines einzelnen Heilmittels für gewisse pathologische Zustände, welcher mich zu dieser Veröffentlichung antreibt; ich möchte vielmehr die durch denselben vervollständigte und abgeschlossene Erkenntniß eines durchgreifenden, höchst interessanten Naturgesetzes auf der einen, auf der andern Seite aber das Princip, nach welchem jenes Heilmittel gefunden wurde und dessen weitere Verfolgung die schönsten Resultate für die Therapie zu versprechen scheint, als die wichtigeren Punkte der vorliegenden Abhandlung bezeichnen.

Ich beginne auch hier wieder mit dem Hinweis auf die unbegreifliche Vernachlässigung, mit welcher man in Betrachtung humoralpathologischer Vorgänge die unorganischen Bestandtheile des Blutes behandelt hat; es kann dieser Punkt nicht dringend genug hervorgehoben werden. Stehen auch der richtigen Erkenntniß jener Bestandtheile im physiologischen sowohl, als pathologischen Zustande unendliche Schwierigkeiten entgegen, sie müssen überwunden werden, wenn wir jemals in den Besitz einer rationellen Humoralpathologie gelangen wollen; wir können einmal keine Blutkrankheit beurtheilen ohne die Verhältnisse der organischen und unorganischen Bestandtheile an und für sich, so wie ihre gegenseitigen Abhängigkeitsverhältnisse zu kennen. Es walten im Bereiche des organischen Geschehens, welches von der ersten Bildung organischer Verbindungen aus unorganischen Grundstoffen in der Pflanze bis zur Wiederauflösung der tausendfältig variirten organischen Verbindungen im Thierreich zu den ursprünglichen unorganischen Grundstoffen eine ununterbrochene Kette von Bildungsprocessen darstellt, bestimmte, durchgreifende, große Gesetze. Wir kennen zur Zeit nur wenige derselben; eins scheint sich jedoch mit Bestimmtheit dahin aussprechen zu lassen, daß eine gewisse Anzahl der unorganischen Bestandtheile des Erdbodens überall die Herstellung und Umsetzung organischer Verbindungen vermittelt; dieselben Salze, welchen wir in der Pflanze begegnen, finden wir im niedern, wie im höhern Thierreiche wieder; eine gleich wichtige Rolle, wie sie nach Liebig's unzweifelhaften Nachweisen in der Pflanze spielen, müssen sie ohne alle Frage auch im Thierreiche überkommen haben. — So lange wir dieses Gesetz nicht anerkennen, so lange wir es nicht auf die Humoralpathologie anwenden und bedenken, daß mit dem Mangel oder Ueberschuß dieses oder jenes anorganischen Blutbestandtheils ein pathologischer Zustand herbeigeführt werden muß, daß viele noch dazu auf hypothetische Abnormitäten des Fibrins und Albumins reducirte Blutkrankheiten auf pathologischen Verhältnissen der unorganischen Bestandtheile beruhen können, so lange sind wir auch von einer richtigen Auffassung der Humoralpathologie entfernt. Nur eine sehr oberflächliche Kenntniß der Physiologie ist erforderlich, um einzusehen, von welchen bedeutenden praktischen Consequenzen eine Erfahrung sein muß, wie z. B. die, daß bei dem Genuß von Fleisch und Brot sich die Menge der phosphorsauren Alkalien mehrt, während die der kohlensauren abnimmt, daß andrerseits bei den Herbivoren geradezu ein umgekehrtes Verhältniß stattfindet. Schon ein flüchtiger Blick in die folgenden Blätter wird zeigen, welch' wichtige Rolle der phosphorsaure Kalk, wie im Pflanzen- und niedern Thierreich, so in den höchsten Organismen spielt.

Ich kann mich hier nicht weiter mit einer Beweislieferung von Seiten der allgemeinen und vergleichenden Physiologie beschäftigen; gleich wenig Zweifel an der hohen Bedeutung, welchen die unorganischen Bestandtheile des Blutes im gesunden und kranken Zustande haben müssen, lassen aber directe Untersuchungsresultate aufkommen. Allgemein ist der Einfluß der Salze auf die Löslichkeit des Albumins und Fibrins, so wie der Blutkörperchen bekannt; wir wissen, daß die Gerinnung des Fibrins in einer Salzlösung schwer oder gar nicht zu Stande kommt; wir wissen, daß ein bestimmtes Verhältniß des Salzgehaltes zum Serum erforderlich ist, wenn die Rinde der Blutkörperchen im normalen Zustande verharren, d. h. fest bleiben soll *). Die höchst interessanten Versuche Magendies lehren uns den decomponirenden Einfluß von Injectionen alkalischer Flüssigkeiten in das Blut kennen; die Bemerkung Zimmermann's **), daß im entzündlichen Blute die Salze vermindert sind, ist in der That

*) Lehmann, physiologische Chemie, pag. 202.

**) Analyse und Synthese pseudoplastischer Processe. pag 207.

nicht minder wichtig, als die Kenntniß von der gleichzeitigen Vermehrung des Fibrins. Die gröbsten Versuche reichen hin, um uns auf die hohe Wichtigkeit der Salze hinzuleiten; brauchen wir doch nur einen eiweißhaltigen Urin, welcher alkalisch reagirt, zu kochen, um zu sehen, daß der Alkaligehalt desselben die Gerinnung des Albumnes verhindert, um weiter schließen zu können, daß ein zu großer oder zu geringer Alkaligehalt des Blutes Abnormitäten der Löslichkeitsverhältnisse des Albumens herbeiführen muß. — Es bedarf keiner weitern Beweise für die obige Behauptung; daß aber in der That in den humoralpathologischen Schriften fast gar nicht an die anorganischen Bestandtheile des Blutes gedacht ist, daß der Vorwurf der Vernachlässigung ein durchaus gerechter ist, dafür kann ein Jeder in jenen Schriften selbst den Beweis finden. Sämmtliche Blutuntersuchungen von Andral, Becquerel und Rodier (hier finden wir Angaben über die fraglichen Bestandtheile, aber so oberflächlich, daß sie kaum brauchbar sind), Simon, selbst Zimmermann zum größten Theil berücksichtigen fast nur die organischen Bestandtheile; in Haeser's Schriftchen „über die gegenwärtigen Standpunkte der pathologischen Chemie des Blutes", worin die Untersuchungen von Andral und Gavarret, Becquerel und Rodier und Popp in alle möglichen Proportionen gebracht und zu zum Theil sehr unzuverlässigen und unpraktischen Schlußfolgerungen benutzt werden, finden wir nur am Schlusse die kurze Bemerkung, daß es „sehr zu wünschen sei, daß bei künftigen Analysen das Verhalten der alkalischen Salze sorgfältig berücksichtigt werde"; erwähnt wird aber weiter nichts über das Wie und Warum. Selbst in den noch mehr compilirenden und kritisirenden Schriften neuerer Zeit, wie u. a. in Wunderlich's pathologischer Physiologie des Blutes — ein inhaltsschwerer Titel — vermissen wir jene Berücksichtigung; ein Mangel, der hier um so fühlbarer ist, als es eine Hauptaufgabe solcher Bestrebungen bildet, die Dürftigkeit des vorliegenden Thatbestandes aufzudecken. Daß aber die pathologische Anatomie, welche sich auch an die Begründung einer Humoralpathologie gemacht hat, eo ipso der obigen Anforderung nicht entsprechen kann, daß sie, eben weil die eine Hälfte der Blutbestandtheile gar nicht in das Bereich ihrer Betrachtung fällt, gradezu außer Stande ist eine Humoralpathologie zu schaffen, bedarf kaum der Erwähnung.

Es ist nicht die Aufgabe der vorliegenden Blätter näher auf die Standpunkte und Leistungen der heutigen Humoralpathologie, die in der That diesen Namen kaum verdient, einzugehen; der oben erwähnte Mangel derselben ist aber jedenfalls als einer der größten zu bezeichnen. Ich hoffe um so mehr, daß dieser kleine Beitrag zu einer allmäligen Beseitigung jenes Mangels willkommen ist; er kann nur einen neuen Beweis für die Wichtigkeit der anorganischen Bestandtheile des Blutes liefern.

Die Art und Weise, in welcher der phosphorsaure Kalk als Heilmittel für gewisse pathologische Zustände hier gefunden ist, ist von frühern Arten der Auffindung von Heilmitteln verschieden; nicht der Zufall, nicht das Experiment, sondern der vernunftgemäße Schluß hat dazu geführt. Von einer Betrachtung der organischen Bildungsprocesse im Pflanzen- und Thierreiche ausgehend, habe ich die Analogie eines dieser Processe im menschlichen Organismus vermuthet, und diese Vermuthung ist durch den Versuch und die Erfahrung zur Gewißheit erhoben; eben jene Vermuthung gab aber unmittelbar das Heilmittel an die Hand. Ich erwähne dies, weil ich glauben möchte, daß sich auf demselben Wege noch Vieles thun läßt, weil wir auf diese Weise Heilmittel finden, deren Nationalität keines Beweises bedarf, deren Einfachheit die beste Empfehlung ist. Immer wird die Empirie über den Werth therapeutischer Principien die allein entscheidende Stimme haben, allein es ist Sache der Theorie, ihr die Fragen vorzulegen. — —

Bekanntlich beschäftigt sich Liebig in einem großen Theile seiner Agriculturchemie mit dem schon erwähnten höchst wichtigen Nachweise, daß die unorganischen Bestandtheile des Erdbodens unerläßliche Requisite für die Bildung organischer Stoffe im Pflanzenreiche sind. Die Beweise für diese Behauptung finden sich in großer Menge vor und die zum Grunde liegenden Thatsachen lassen uns an ihrer Gültigkeit keinen Zweifel hegen; es handelt sich hier nicht um erschaffene oder theoretische Formeln, die ein Zweiter oder Dritter wieder anders geben kann; es sind vielmehr Facta, mit denen wir es zu thun haben, Facta, welche keinen Widerspruch erlauben.

Wir heben dem Zwecke dieser Bemerkungen gemäß nur Einiges aus jenen Beweisen hervor und verweisen hinsichtlich der weitern Ausführung auf das benannte Werk selbst. —

In dem Abschnitte über „die anorganischen Bestandtheile der Vegetabilien" beginnt Liebig mit dem Nachweise, daß dieselben, und insonderheit die Alkalien durchaus erforderlich sind zur Bildung der ersten organischen Verbindungen, der Säuren. „Alle diese Säuren", heißt es pag. 84 (5. Aufl.), „sind an Basen gebunden, an Kali, Natron, Kalk oder Bittererde; nur einige Pflanzen enthalten freie organische Säuren; diese Basen sind es offenbar, welche durch ihr Vorhandensein die Entstehung der Säuren vermitteln; mit dem Verschwinden der Säure beim Reifen der Früchte nimmt der Kaligehalt des Saftes ab". Im Fortgange dieser Untersuchungen wird sodann über die Bildung des Amylons, des Zuckers, des Gummis und andrer stickstofffreier Verbindungen gehandelt, bis zuletzt auch die stickstoffhaltigen Substanzen in das Bereich der Betrachtung gezogen und auch für ihre Bildung die unorganischen Bestandtheile als höchst wesentlich nachgewiesen werden. In Bezug auf diese stickstoffhaltigen Verbindungen — Verbindungen, die in ihrer Zusammensetzung unsern organischen Blutbestandtheilen durchaus gleichartig sind, so daß zwischen Pflanzenfibrin und Blutfibrin, Pflanzenalbumin und Blutalbumin u. s. w. die chemische Analyse keinen Unterschied mehr zu entdecken vermag — in Bezug auf sie, sage ich, kommt Liebig aber alsbald zu dem wichtigen Resultate (s. auch den Absch. über Wechselwirthschaft), daß es insonderheit die phosphorsauren Salze sind, deren Gegenwart für die Bildung jener „Blutbestandtheile“ durchaus erforderlich ist.

Nur einige von den Bemerkungen Liebig's in Bezug auf diesen Punkt möchte ich erwähnen. „Keine von unsern Getreide- und Gemüsepflanzen“, heißt es pag. 100, „kann ausgebildete Samen tragen, Samen, welche Mehl geben, ohne eine reichliche Menge von phosphorsauren Alkalien und phosphorsaurer Bittererde, und, eben weil sie stickstoffhaltig sind, ohne Ammoniak zu ihrer Ausbildung vorzufinden. Wir finden in der Knospe, in dem jungen Blatte Salze mit alkalischen Basen, wir finden die stickstoffhaltigen Bestandtheile stets begleitet von phosphorsauren Salzen und wir müssen annehmen, daß auch sie in den Lebensfunctionen der Pflanze eine gewisse Rolle spielen“. „Die Alkalien“, lesen wir ferner pag. 251, „sind vorzugsweise zur Erzeugung der stickstofffreien Bestandtheile, des Zuckers, des Amylon, des Pectins und Gummis nöthig; die phosphorsauren Salze wirken vorzüglich auf die Bildung der Blutbestandtheile“. — „Wir müssen annehmen, daß zur Bildung der Halme, des Krautes, zur Fixirung des Kohlenstoffs, zur Erzeugung von Zucker, Amylon und Holzfaser eine gewisse Quantität Alkali (bei den Kalipflanzen), oder ein Aequivalent Kalk (bei den Kalkpflanzen) nöthig ist, allein wir müssen uns denken, daß mit aller Zufuhr von Ammoniak und Kohlensäure sich nur eine, den phosphorsauren Salzen entsprechende Menge der s. g. Blutbestandtheile in dem Organismus der Pflanzen bilden kann. Die Erzeugung der stick- und schwefelhaltigen Bestandtheile des Saftes steht mit ihrer Gegenwart in der engsten Beziehung“. (pag. 212).

Es ermangeln diese geistreiche Bemerkungen nirgends der interessantesten Beweise; eines weitern, auf ihnen basirten Umstandes, der eben für meinen Zweck der wesentlichste ist, haben wir jedoch jetzt besonders zu gedenken. Es bemerkt nämlich Liebig pag. 138: „Wir wissen, daß der Stärkegehalt der Kartoffeln in einem humusreichen Boden wächst, daß bei kräftigem, animalischem Dünger die Anzahl der Zellen zunimmt, während sich der Amylongehalt vermindert; in dem ersten Falle besitzen sie eine mehlige, in dem andern eine seifige Beschaffenheit. Die Runkelrüben, auf magerm Sandboden gezogen, enthalten ein Maximum von Zucker und kein Ammoniaksalz, und im gedüngten Lande verliert die Teltower Rübe ihre mehlige Beschaffenheit, denn in diesem vereinigen sich alle Bedingungen für Zellenbildung". Es lassen diese auf Erfahrung gestützten Behauptungen keinen Zweifel zu, daß sich eben in dem animalischen Dünger Stoffe vorfinden müssen, die der Zellenbildung günstig sind; diese Stoffe selbst sind aber die phosphorsauren Salze. Die Erfahrungen und Untersuchungen über den Dünger, vereinigt mit den obigen Bemerkungen über die Bedeutung der phosphorsauren Salze für die Bildung stickstoffhaltiger Bestandtheile der Pflanze rechtfertigen diesen Ausspruch; die positiven sowohl, als negativen Beweise liefert aber Liebig selbst. Jene werden hergeleitet aus der anerkannten Wirksamkeit der Knochen- und Aschendüngung überhaupt, diese werden durch die Ausforschung der Quellen der Kohlensäure, des Ammoniaks und des Wassers geliefert. — „Wir wissen", sagt Liebig pag. 239, „daß die thierischen Excremente in der Agricultur ersetzbar sind durch Materien, die ihre Bestandtheile enthalten. Da nun ihre Hauptwirksamkeit in ihrem Gehalte an den mineralischen Nahrungsstoffen beruht, welche die Culturpflanzen zu ihrer Entwickelung nöthig haben, so ist klar, da die Ernährung und das Gedeihen der wildwachsenden Pflanzen an die nämlichen Ursachen und Gesetze geknüpft ist, daß wir mit den mineralischen Nahrungsstoffen der wildwachsenden Pflanzen, dies will sagen, mit ihrer Asche, unsere Felder in ganz gleicher Weise düngen können, wie mit Thierexcrementen, daß wir damit, wenn eine zweckmäßige Auswahl getroffen wird, unsere Aecker mit allen den Bestandtheilen wieder versehen können, die wir in der Ernte der Culturpflanzen hinweggenommen haben. — — Die Wichtigkeit der Aschendüngung fällt in die Augen, wenn man in Erwägung zieht, daß die mit kaltem Wasser ausgelaugte Holzasche kieselsaures Kali gerade in dem Verhältniß, wie im Stroh enthält, daß sie außer diesem Salze beträchtliche Mengen phosphorsaurer Salze enthält." Und ferner heißt es pag. 245: „Geben wir der Pflanze Kohlensäure und alle Materien, die sie bedarf, geben wir ihr Humus in der reichlichsten Quantität, so wird sie nur bis zu einem gewissen Grade der Ausbildung gelangen; wenn es an Stickstoff fehlt, wird sie Kraut, aber keine Körner, sie wird vielleicht Zucker und Amylon, aber keinen Kleber erzeugen. — Durch die Zufuhr von Ammoniak und damit von Stickstoff werden die Zwecke der Agricultur ebenfalls nicht erfüllt; so nothwendig das Ammoniak auch für die kräftige Entwickelung der Pflanze ist, so reicht es dennoch für sich allein nicht aus zur Erzeugung von vegetabilischem Casein, Fibrin und Albumin, denn ohne die begleitenden Alkalien, ohne schwefelsaure und phosporsaure Salze kennen wir diese Stoffe nicht; wir müssen voraussetzen, daß ohne ihre Mitwirkung das Ammoniak auf die Entwickelung und Bildung der Samen nicht die geringste Wirkung ausübt, daß es ganz gleichgültig ist, ob wir Ammoniak zuführen oder nicht, es wird keinen Antheil nehmen an der Bildung der Blutbestandtheile, wenn die andern Bedingungen zu ihrer Erzeugung nicht gleichzeitig vorhanden sind. In den flüssigen und festen Excrementen haben wir alle diese Bedingungen beisammen, keine fehlt; wir haben darin nicht nur das Ammoniak, sondern auch die Alkalien, die kieselsauren, phosphorsauren und schwefelsauren Salze."

Wissen wir demnach, um es kurz zu wiederholen, daß die Production stickstoffhaltiger Substanzen gebunden ist an die Gegenwart der phosphorsauren Salze, daß die Zellenproduction zunimmt mit der Kraft und Menge des Düngers, daß diese Kraft wieder abhängt insonderheit von der Gegenwart jener Salze, (denn die andern Salze scheinen in der That unwesentlich für die Erzeugung der s. g. Blutbestandtheile zu sein), so kann, wie ich meine, kein Zweifel an der obigen Behauptung mehr obwalten, und wir gelangen demnach zu dem für uns wichtigen Resultate, daß die phosphorsauren Salze nicht nur für die Bildung stickstoffhaltiger Bestandtheile der Vegetabilien von der größten Wichtigkeit, sondern daß sie auch die Vermittler des Zellenbildungsprocesses im Pflanzenreiche sind.

Es kommen nun in den Pflanzenstoffen verschiedene phosphorsaure Salze vor; phosphorsaures Natron, phosphorsaurer Kalk, phosphorsaure Bittererde und phosphorsaures Eisenoxyd. Haben wir, so müssen wir demnach weiter fragen, Grund zu der Annahme, daß eine dieser Verbindungen insonderheit dem Zellenbildungsprocesse förderlich ist, oder sind sie es alle in gleichem Maaße? Ich glaube, daß die vorliegenden Erfahrungen entschieden zu Gunsten der ersten Annahme ausfallen; sie lassen kaum einen Zweifel übrig, daß es der phosphorsaure Kalk ist, welcher die Bildung der stickstoff- und schwefelhaltigen Bestandtheile, so wie namentlich der Zellenmembran vermittelt. Wir führen, um einen Beweis für diese Behauptung zu liefern, nur die eine höchst wichtige Erfahrung an, daß in England wie durch einen Zauber der Ertrag der an phosphorsauren Salzen erschöpften Felder um das Doppelte erhöht wurde, als man die Einfuhr von Knochen und die Düngung der Felder mit denselben betrieb (vergl. Liebig pag. 216). Die Knochendüngung hat sich jetzt zu einer allgemein anerkannten Wichtigkeit in der Agricultur emporgehoben, und wir können nur um so weniger an der hohen Wahrscheinlichkeit jener Bedeutung des phosphorsauren Kalkes zweifeln. Fehlen auch zur Zeit noch ganz directe Untersuchungen, Untersuchungen wie die, von denen sogleich die Rede sein wird — die vorliegenden die Bildung der Pflanzenzelle und ihres Inhaltes betreffenden Thatsachen greifen so harmonisch ineinander, die daraus zu ziehenden Folgerungen besitzen einen so hohen Grad von Wahrscheinlichkeit und Zuverlässigkeit, daß auch eben die Folgerung, um welche es uns zu thun ist, mit großer Gewißheit gezogen werden darf, daß, mit andern Worten, der phosphorsaure Kalk als durchaus nothwendiges Erforderniß für den Zellenbildungsproceß im Pflanzenreiche betrachtet werden muß. —

Die diesem letztgezogenen Schlusse zu Grunde liegenden, in aller Kürze von mir angeführten Hauptpunkte finden, wie gesagt, sämmtlichst ihre weitere Begründung und Ausführung in Liebig's ausgezeichnetem Werke. Ich muß es einem Jeden überlassen, dieselben dort weiter nachzusehen. Für die Behauptung jedoch, daß es von den phosphorsauren Salzen insonderheit und fast ausschließlich der phosphorsaure Kalk ist, welcher jene Bildungsprocesse vermittelt, entnehmen wir weitere Beweise aus den vielfach angestellten Pflanzen-Aschenanalysen, deren Resultate von Enderlin, Fresenius, Will u. A. in mehren Jahrgängen der Annalen der Chemie und Pharmacie von Liebig und Wöhler mitgetheilt sind. Der Gehalt an phosphorsaurem Eisenoxyd stellt sich in diesen durchweg als sehr unbedeutend heraus, während der phosphorsaure Kalk immer in einer gewissen, je nach dem Boden größern oder geringern Quantität zugegen ist. Daß es aber von dem phosphorsauren Kalk und dem phosphorsauren Natron lediglich der erstere ist, dem wir die fragliche Bedeutung zuschreiben müssen, geht, die große Fruchtbarkeit der Felder in Folge der Knochendüngung berücksichtigt, daraus hervor, daß die Quantität des Natron in den Knochen nach Analysen von Berzelius u. A. nur eine sehr geringe ist. Dasselbe läßt sich von der Magnesia sagen, die noch dazu aller Wahrscheinlichkeit nach als kohlensaure in den Knochen enthalten ist. (Vergl. Berzelius Lehrbuch der Chemie. IV. 1. pag. 445. 1831.)

Anmerkung. Nachträglich füge ich noch eine für diesen Gegenstand sehr wichtige Bemerkung aus Dr. C. Schmidt's Entwurf einer allgemeinen Untersuchungsmethode der Säfte und Excrete des thierischen Organismus, Mitau und Leipzig 1846. pag. 61 hinzu. Es heißt daselbst: „Bei Gelegenheit einer Untersuchung über die mit dem Namen Pflanzenschleim, Bassorin, Cerasin bezeichnete Gruppe von Stoffen, sämmtlich die Elemente von Kohle und Wasser enthaltenden morphologisch-chemischen Zwischenstufen des Uebergangs von Gummi und Stärkemehl in Holzfaser, richtete ich besonders meine Aufmerksamkeit auf das Verhältniß des phosphorsauren Kalkes zu diesen Materien. Er ist stets in löslicher Form, mit einem Albuminat verbunden, dem Zelleninhalt eingemengt, nie durch's Microscop krystallonomisch zu diagnosticiren oder nur wahrzunehmen. Concretionen, s. g. Verkalkungen von Kalkphosphat finden sich übrigens in der Pflanzenzelle nie: ein schlagender Beweis für den erwähnten Satz, daß der phosphorsaure Kalk in sehr innigen Beziehungen zum Zellenbildungsproceß steht, also in der Pflanze, wo dieser überall und zu jeder Zeit fortdauert, nirgends entbehrt, als unnützer Ballast, gleich andern Excreten, oxalsaurem, schwefelsaurem, kohlensaurem Kalk, in krystallisirter Form abgelagert werden kann."

Hiemit die uns interessirenden Verhältnisse im Pflanzenreiche beschließend, wenden wir uns zum niedern Thierreiche. — Was dasselbe anbetrifft, so stehen gegen die bedeutenden Fortschritte in der Kenntniß seiner Anatomie und Physiologie, Fortschritte, die wir bei der bedeutenden Vervollkommnung der Beobachtungswerkzeuge einem Müller, Wagner, v. Siebold, u. A. verdanken, die Kenntnisse bei weitem zurück, welche die chemischen Verhältnisse der Bildungsprocesse und des Stoffwechsels angeben. — Die große

Schwierigkeit der einschlagenden Untersuchungen giebt einen hinreichenden Grund für die dürftige Förderung dieses Theiles der Zoochemie ab. Mit um so größerer Freude aber dürfen wir Arbeiten begrüßen, deren Verfasser in dem Verfolgen geistreicher Aufgaben keine Mühe gescheut haben und nach überwundenen Schwierigkeiten die Wissenschaft mit den wesentlichsten Resultaten bereicherten. Zu diesen Arbeiten rechnen wir mit vollstem Rechte einen im Jahre 1845 erschienenen Beitrag „zur vergleichenden Physiologie der wirbellosen Thiere. Eine physiologisch = chemische Untersuchung von Dr. Carl Schmidt.“ Sie ist für unsern Zweck von hoher Wichtigkeit, und die schon aus mehrfachen Artikeln in Liebig's und Wöhler's Annalen bekannte Tüchtigkeit des Verfassers in chemischen Untersuchungen bürgt uns für ihre Zuverlässigkeit.

Schmidt spricht nun in diesem Werke die Vermuthung aus, daß der phosphorsaure Kalk in inniger Beziehung zum Zellenbildungsprocesse stehe, und erhebt diese Vermuthung durch seine eignen Versuche zur höchsten Wahrscheinlichkeit, wenn nicht zur Gewißheit. Er kam zu dem höchst interessanten Resultate, daß bei den Gliederthieren, von denen er den Flußkrebs, die Squilla und den Hummer zu Untersuchungen gebrauchte, der Gehalt an phosphorsauren Erden proportional der Quantität des organisirten Chitingewebes (eines in Wasser, Alkohol, Aether und Kali unlöslichen, farblosen, durchscheinenden, in der Reihe der wirbellosen Thiere als Hauptbestandtheil des Skelettes weit verbreiteten Stoffes) steigt; er fand damit Resultate früherer Untersuchungen von Mérat, Guillot, Chevreul und Göbel bestätigt. „Das Chitinfasergewebe ist aber,“ wie Schmidt sagt, „das Resultat eines lebhaften Zellenbildungsprocesses beim Schalenwechsel; die Quantität phosphorsauren Kalkes steigt also mit der Intensität dieses Processes; die relativen Mengen geformten Gewebes geben für sie den Maaßstab ab. Der phosphorsaure Kalk muß demnach in inniger Beziehung zum Zellenbildungsproceß stehen.“ Noch deutlicher und mit Bestimmtheit geht dies aus dem folgenden Versuche Schmidt's hervor. Es heißt pag. 44: „Ich leitete bei einigen Krebsen durch schichtweises, vorsichtiges Abtragen eines Theils des Brust- oder Scheerenpanzers bis auf die oberste Pigmentschichte der darunter liegenden Membran einen Neubildungsproceß ein. Dieser erfolgt rasch; nach acht Stunden fand sich schon eine dicke, zähe, klare Masse ausgeschwitzt (Cytoblastem); in dieser zahlreiche, in Kali und Essigsäure unlösliche Kügelchen (Fettbläschen) und andere darin lösliche Molecüle (Albuminate), sonst keine körperlichen Theile; eingeäschert hinterblieb eine bedeutende Menge phosphorsaurer Kalk (nach approximativer Bestimmung 8%) nebst etwas phosphorsauren Alkalien und kohlensaurem Kalk, der als solcher nicht präexistirte. Dieser phosphorsaure Kalk war in gelöster Form darin, denn Ammoniak trübte die unter dem Microscope befindliche Masse sehr stark. Nach 14—16 Stunden hatten sich die löslichen Molecüle (Albuminate, vielleicht auch phosphorsaurer Kalk) um die Fettbläschen zu kuglichen Massen angehäuft; einige dieser Kugelhaufen hatten sich bereits mit einer Membran umgeben (primäre Zellen), andere noch nicht; gleichzeitig befanden sich zahlreiche rhomboëdrische Krystalle (von kohlensaurem Kalk) darin, die mit Säuren aufbrausten. Bei Behandlung mit Kali quollen die primären Zellen nebst körnigem (Albuminat?) Inhalt stark auf, wurden durchsichtig und lösten sich; in jeder kam das Fettbläschen als Kern zum Vorschein; sie bestanden demnach noch nicht aus Chitin, wenn dies sich nicht vielleicht im frühen Zustande wie Gummi zu Zellenmembran verhält, d. h. löslich ist. — Nach 24—36 Stunden fanden sich unter denselben Elementen viele dieser primären Zellen lang gestreckt, spindelförmig, die in Kali noch aufquollen, sich jedoch nicht mehr lösten, demnach schon aus Chitin zu bestehen schienen. Ich konnte den Proceß nicht weiter verfolgen, da mir die Thiere aus

Unvorsichtigkeit starben und es zu spät im Jahre war, um neue zu verschaffen."

Diesen für den Zellenbildungsproceß im Thierreich so sehr interessanten Versuchen giebt Schmidt im Verfolge seiner Arbeit auch noch den negativen Beweis für die aufgestellte Behauptung bei. Er fand nämlich bei Helix (pomatia, nemoralis und hortensis) bei Untersuchung des Kalkgehäuses und dessen innerster Schichte, einer glashellen, strukturlosen Membran fast gar keinen phosphorsauren Kalk und dem entsprechend fast gar keinen Zellenbildungsproceß, lauter amorphe, erhärtete, von Kalkschichten getrennte Schleimmassen (Albuminate); Schmidt selbst sagt: „das Zusammentreffen ist zu auffallend, als daß man es nicht als Bestätigung der aufgestellten Ansicht über die physiologische Bedeutung jenes Salzes ansehen sollte." „Ich glaube," heißt es pag. 56, „wie gesagt, daß eine bestimmte Verbindung von Albumin mit phosphorsaurem Kalk, oder besser, eine mit einer gewissen Portion des letztern gesättigte Albuminlösung vorzugsweise die Fähigkeit besitzt, sich in Berührung mit heterogenen Körpern zu relativ festen Membranen um diese herum zu verdichten, d. h. die Wand primärer Zellen zu bilden — doch ist mir's bis jetzt nicht gelungen, experimentell mit genügender Schärfe das Wie? und Warum? zu ermitteln."

Wenn wir hiernach nun zu dem Resultate gelangt sind, daß der phosphorsaure Kalk in dem Pflanzen- und niedern Thierreiche ein für den Zellenbildungsproceß nothwendiges Requisit sei, liegt dann nicht die Vermuthung sehr nahe, daß es sich in den Organismen der höhern Thierklassen und des Menschen ebenso verhalte, daß weiterhin mit dem Mangel desselben ein zur Erzeugung einer der Zufuhr von Nahrungsmitteln entsprechenden Quantität organisirten Gewebes höchst wesentliches Erforderniß hinweggenommen sei? — Wir kennen die durchgreifende Einfachheit und Gesetzmäßigkeit der Lebensprocesse der Mikrokosmen und ihr Verhältniß zum Makrokosmus nur zum kleinen Theil; dennoch, so weit wir sie kennen, berechtigt sie uns zur Aufstellung solcher Fragen, und stellt sich eine bejahende Antwort derselben heraus, so wird unsere Erkenntniß und unsere Bewunderung jener Einfachheit zur weitern Verfolgung ähnlicher Fragen antreiben. — Das Blut, das Bildungsmaterial sämmtlicher Bestandtheile unsers Körpers, enthält sämmtliche Stoffe, die irgend zur Bildung jener Bestandtheile erforderlich sind; fehlt irgend einer dieser Stoffe, ist er nicht in seiner normalen Quantität als Nahrungsmittel eingeführt, so muß sich eine Anomalie im Stoffwechsel, in der Anbildung neuen Gewebes, in der Reproduction, kurz es muß sich ein pathologischer Zustand herausstellen; diese nothwendige Consequenz erhebt ohne Zweifel die Humoralpathologie zu unserer wichtigsten Lehre. Tausendfältig mögen jene Zustände in der Art vorkommen, daß sie unsern kurzsichtigen Augen verborgen bleiben; wir werden erst dann Zeugen pathologischer Processe, wenn sie eine bestimmte Höhe erreicht haben.

Ich habe mir nun die obige Frage vorgelegt und die Beantwortung derselben wird sich aus den folgenden Blättern ergeben. Wenn ich aber auch selbst der festen Ueberzeugung bin, daß die aus den vorliegenden Beobachtungen zu ziehenden Resultate zuverlässig und fest begründet sind, so möchte ich mich dennoch vor dem Vorwurf der Leichtfertigkeit und Voreiligkeit insofern verwahren, als das dem Einzelnen zu Gebote stehende Material immer zu gering ist, um über Fragen, wie die meinige, mit ganz entschiedener Sicherheit zu entscheiden; von weitern Beobachtungen, und zwar von fremden, müssen meine Resultate ihre Bestätigung erwarten.

Auf experimentellem chemischem Wege zu prüfen, ob der phosphorsaure Kalk zum normalen Zellenbildungsprocesse durchaus erforderlich sei, war mir nicht in der Weise möglich, wie ich es wünschte: es gehören hierzu die feinsten, chemischen Untersuchungen, Aschenanalysen des Blutes, Untersuchungen frischer Blasteme u. s. w. Der Versuche, welche ich in dieser Beziehung angestellt habe, wird weiter unten Erwähnung geschehen. Ich habe mich deshalb sogleich an die Praxis gewandt und mir die Frage vorgelegt, ob nicht durch innere Darreichung des phosphorsauren Kalkes der Heilungsproceß der langwierigen s. g. atonischen Geschwüre, namentlich der scrophulösen, gefördert werden könnte. Wenn man bedenkt, daß eben jene Stoffe, die das eigentliche Bildungsmaterial für alle plastischen Processe hergeben, ich meine das Fibrin (?) und Albumin, nach den Untersuchungen verschiedener Chemiker chemisch mit phosphorsaurem Kalk verbunden sind, wenn wir schon daraus für die wahrscheinliche Richtigkeit unserer ersten Frage eine Stütze herleiten können, so ist auch a priori gegen die Aufstellung dieser zweiten Frage nichts einzuwenden*).

Daß sich der phosphorsaure Kalk im Magen löst, leidet keinen Zweifel; denn einmal löst er sich überhaupt in Säuren und wird nur bei einem Ueberschuß von Alkalien, d. h. wenn die Flüssigkeit neutral oder alkalisch wird, wieder gefällt, und dieser Fall möchte wohl selten im Magen vorkommen, andrerseits aber

*) Lehmann giebt in seinem Handbuche der physiol. Chemie an, daß das Albumin immer mit phosphorsaurem Kalk in der Zusammensetzung der Knochenerde ($\dot{C}a^{8}\,\dddot{\overline{P}}^{3}$) verbunden ist; es ist diese Verbindung unstreitig eine chemische, da der phosphorsaure Kalk nicht nur in dem alkalischen Eiweiß aufgelöst ist, sondern auch dem Eiweiß bei der Coagulation durch Hitze oder Säuren, so wie bei der Fällung durch Metalloxyde folgt; genau ist indeß sein normales Verbindungsverhältniß mit dem Eiweiß noch nicht ermittelt; man hat im frischen Eiweiß 1, 8—11,0% Knochenerde gefunden. — Das Fibrin findet man immer von phosphorsauerm Kalk begleitet. Mulder will ziemlich constant im Blutfibrin 6,70% davon gefunden haben. Auch das Globulin ist mit phosphorsauerm Kalk verbunden; Lehmann fand in der Asche desselben 0,213%.

löst er sich auch im Albumin auf und wird deshalb, bald nach der Mahlzeit genommen, ohne Zweifel in gelöster Form in das Blut übergehen.

Ich ließ nun den phosphorsauren Kalk so rein, als möglich darstellen; anfangs geschah dies durch Digeriren des Cornu cervi ust. ppt. mit Phosphorsäure und nachheriges Trocknen des Präparates; später wurde er aus phosphorsaurem Natron und Chlorcalcium dargestellt, und dies letztere Präparat namentlich in Anwendung gebracht.

1ste Beobachtung. Es betraf diese ein fünfjähriges Mädchen, L. G., welches schon seit zwei Jahren an einem beständig eiternden und nach Abweichung der Kruste wieder verschorfenden Geschwüre mitten und oben auf dem Kopfe litt.

Das Kind trägt deutlich ausgeprägt den scrophulösen Habitus, lebt in sehr ärmlichen Verhältnissen und erhält fast nur die ihm am schädlichsten Speisen, als Schwarzbrod, Kartoffeln u. s. w. zur Nahrung. Am 8. Februar 1847 sah ich das Kind zuerst. Ueber den Gesundheitszustand im Allgemeinen keine Klage; das Geschwür selbst hatte die Größe eines Thalers, die dasselbe umgebende Haut war zwar etwas härtlich anzufühlen, allein tuberkulöse Ablagerungen in dieselbe hatten nicht stattgefunden. — Drei Monate hindurch blieb nun trotz aller möglichen Versuche das Geschwür in unverändertem Zustande. Der innerliche Gebrauch des Ol. jec. aselli, so wie zeitweilig gelinder salinischer Purgantia, die örtliche Anwendung einer Natronsalbe (Natr. carbonic. ℨij Axung ℥ß), die mir oft nützlich war, der Versuch durch mehrfache Scarificationen und Ugt. basilic. den Granulationsproceß zu fördern, Derivantia im Nacken, Ueberschläge von einer Auflösung des Kali caustic., Cauterisation mit Lapis infernal., Zink- und Bleisalben, Alles blieb ohne Erfolg. Hiernach entschloß ich mich beim herannahenden Sommer eine Zeit lang nichts anzuwenden; ich sah das Kind längere Zeit gar nicht. Als ich doch mittlerweile auf die Frage nach der Wirkung des phosphorsauren Kalkes stieß, suchte ich es wieder auf; das Geschwür war ganz unverändert. — Ich ließ nun die Kruste abweichen und verordnete den 26. July Calcar. phosphoric. gr. iß Sacch iß Dos. xij. Täglich zweimal ein Pulver zu nehmen. Schon nach drei Tagen bemerkte ich eine unzweifelhafte Veränderung der Suppuration; der bis dahin mehr dünnflüssige Eiter verwandelte sich in ein pus bonum et laudabile, und ich war nicht wenig erstaunt, als am 4. August die Vernarbung des Geschwürs von den Rändern aus begann. Die Verordnung wurde wiederholt, pr. dosi 2 gr. Calcar. phosph. gegeben und bei gleichmäßigem Fortschreiten des Vernarbungsprocesses war das Geschwür am 17. August total verheilt. — Bei der reinen Anwendung des Kalkes, bei der unveränderten Fortsetzung der gewöhnlichen Diät und Lebensweise des Kindes konnte hier keine Täuschung obwalten, und ich mußte schließen, daß es allein jenes Mittel war, welches einen normalen Zellenbildungsproceß herbeigeführt hatte. Nach nicht langer Zeit (etwa einem halben Jahre) brach jedoch die vernarbte Stelle von Neuem durch und es wollte mir nicht so rasch gelingen, die Schließung herbeizuführen; auch weiß ich leider nicht, ob die Heilung zu Stande gekommen ist, da ich in der Beobachtung plötzlich unterbrochen wurde und das Kind nicht weiter gesehen habe; erwähnen möchte ich aber, daß das zweite weniger günstige Resultat sicher zum Theil durch die sehr mangelhafte Pflege, durch die sehr ärmliche Lebensweise, Aufenthalt in einer ganz dunstigen, von einer Menge Menschen überfüllten Wohnstube, lediglichen Genuß von Schwarzbrod und Kartoffeln u. s. w. herbeigeführt ist. Was das Aufbrechen der Narbe selbst anbetrifft, so war mir dasselbe nicht eben wunderbar; denn mag es auch im scrophulösen Blute an phosphorsaurem Kalk fehlen, so braucht die Dyskrasie als solche durchaus nicht auf diesem einen Deficit zu beruhen und mit Darreichung des Kalkes können wir wohl die Erscheinungen vertreiben, welche sein Mangel herbeiführt, deshalb aber noch nicht die Gesammtdyskrasie heben.

2te Beobachtung. In derselben Zeit, wo ich mit der ersten Beobachtung beschäftigt war, wurde mir ein anderes Kind, E. B., sieben Jahr alt, zugeführt. Die kleine Patientin, die den scrophulösen Habitus nur in geringem Grade trug, litt seit vier Jahren an scrophulösen Geschwüren. Zwei solcher Geschwüre im Gesichte wurden vor zwei Jahren von einem Arzte operirt, die in der Haut liegenden Tuberkel entfernt und die Wunde verheilte. Alsbald jedoch zeigten sich an dem Dorsum jeder Hand zwei neue Geschwüre, die zwei Jahre lang bestanden und erst vor zehn Wochen, mit dem Aufbruch zweier neuen Ulcera an der innern Seite eines jeden Oberarms, vernarbten. Mit diesen beiden Geschwüren kam das Kind zu mir; sie hatten die Größe eines Sechsgroschenstückes und sonderten ein eitrig-jauchiges Fluidum ab; unter dem des rechten Armes lag ein Tuberkel von der Größe einer Haselnuß. Am 13. August wurde sogleich Calcar. phosphoric. gr. iv Sacch. iß, täglich zweimal 1/2 Pulver, verordnet. Ich war nicht wenig überrascht, schon am 16. August in den tiefgreifenden Geschwüren eine gute Eiterung und auf ihrem Boden die üppigsten Granulationen zu sehen. Am 19. August waren beide bis auf eine erbsengroße Stelle verheilt und ohne daß örtlich irgend etwas in Anwendung gebracht wurde, war das Geschwür des linken Arms am 31. August total vernarbt; das des rechten Arms blieb längere Zeit in Eiterung, verheilte aber auch im Laufe des folgenden Monates zur Freude der Eltern gänzlich. Im Monat December öffnete sich das letztere noch einmal wieder; der unterliegende Tuberkel war zwar kleiner geworden, aber doch noch vorhanden; allein jetzt ist nach wiederholter Anwendung des Calcar. phosph. auch dieses wieder verheilt. Es ist diese Beobachtung eine durchaus reine und ich mußte deshalb auch hier dieselbe Vermuthung hegen, wie bei der ersten Beobachtung.

3te Beobachtung. Diese wurde an einem Kinde in einer durch und durch scrophulösen Familie gemacht: J. F., fünf Jahre alt. Die Patientin wurde schon seit einem halben Jahre von mir an einer Impetigo achor, die sich über die ganze Kopfhaut erstreckte, behandelt. Neben der innern Darreichung bekannter Antiscrophulosa wurden örtlich anfangs zur Losweichung der Krusten Mandelemulsin-Ueberschläge angewandt; allein so oft sie sich lösten, erzeugten sie sich auch wieder. Der ganze Kopf war mit einem Schorfe bedeckt; die Haare waren natürlich gleich anfangs gänzlich abgeschoren. Obstructionen, Hyperämieen des Kopfes machten oft die Anwendung salinischer Purgantia bei dem vollsaftigen Kinde erforderlich. Der Erfolg dieser Behandlung war jedoch sehr wenig erfreulich, bis endlich örtlich eine Natronsalbe und innerlich zunächst Natr. carbonic. und dann Natr. phosphoric. angewandt wurde. Dabei trat, wiewohl die Diät des Kindes nur eine sehr kümmerliche war, alsbald Besserung ein; die Krusten fielen allmählig ab und eine neue gesunde Epidermis bekleidete alsbald den ganzen Kopf. Nur an zwei Stellen, über beiden Ohren, blieben Ulcera von der Größe eines Thalers zurück und diese wollten bei der bezeichneten Behandlung nicht verschwinden. Am 29. July wurde daher Calcar. phosphoric. (wie oben) verordnet und nach Verbrauch von 48 Gran derselben am 25. August waren die Geschwüre gänzlich verheilt und vernarbt. Das Kind befindet sich bis jetzt sehr wohl und die gesunde Kopfhaut ist mit jungem Haarwuchs bedeckt. — Ich überlasse die Epikrise dieses Falles dem Leser, da mir selbst bei dem dubiösen post hoc, ergo propter hoc, die Möglichkeit vor Augen schwebt, daß in dieser Beobachtung eine Nachwirkung der vorgezeichneten Behandlung hinsichtlich der Heilung der beiden Geschwüre stattgefunden haben könne. Der Umstand jedoch, daß die letztere erst grade dann eintrat, als die Calcar. phosphoric. in Anwendung gebracht wurde, rechtfertigt vielleicht die Vermuthung, daß sie auch hier einen Antheil an dem Zellenbildungsproceß gehabt habe.

4te Beobachtung. Ann Mate, vierzehn Jahre alt, trägt in hohem Grade den scrophulösen Habitus. Zunächst vor $1^3/_4$ Jahren bekam sie Anschwellungen und Ulcerationen der dritten Phalangen der rechten Hand; dann stellten sich vor etwa $1^1/_2$ Jahren Geschwüre des rechten Enkels und der Zehen ein; daran wurde sie anfangs privatim, dann in zwei verschiedenen Hospitälern mit Cataplasmen, Heftpflasterverbänden, Ol. jec. Asell. u. s. w. behandelt. Am 13. December 1848 wurde sie im German-Hospital als Out-patient aufgenommen; ich sah das Kind zuerst am 17. Februar 1849. Bis dahin war Leberthran verordnet; allein die Geschwüre am rechten Malleolus und zwischen dem Hallux und der 2. Zehe des rechten Fußes blieben unverändert. Beide waren sehr tiefgreifend und sonderten einen schlechten, jauchigen Eiter ab. Am 17. Februar wurde Calcar. phosphoric. täglich dreimal 2 gr. verordnet. Am 3. März waren die Geschwüre schon in der Heilung begriffen. — Es litt das Kind zugleich an einer Olecranarthrocace des rechten Arms; das Gelenk war bedeutend geschwollen, ein fistulöser Canal führte von außen auf das Gelenk. Am 10. März bemerkte ich Folgendes: „das Ulcus am rechten Malleolus ist verheilt; der fistulöse Canal am Ellenbogen ebenfalls; das Ellenbogengelenk selbst ist dünner geworden. — Schöne Granulationen in dem Ulcus an den Zehen. Das Aussehen des Kindes gewinnt bedeutend an Frische". Diese Wirkungen konnte ich nicht umhin lediglich dem phosphorsauren Kalke zuzuschreiben; das Geschwür an den Zehen verheilte in der nächsten Zeit fast ganz. Allein die Dyskrasie des Blutes war, wenn auch verändert, doch nicht getilgt; das Kind bekam einen enorm großen jauchigen Absceß am rechten

Oberschenkel, einen kleinern unter dem processus zygomaticus an der Wange; auch wich die Olecranarthrocace nicht ganz. — Der erstere wurde geöffnet und sehr bedeutende Mengen jauchigen Eiters täglich entleert; der letztere schwand nach und nach von selbst; auffallend aber war, daß das Kind, trotz der starken Eiterungen eine gesunde und frische Farbe behielt. — Während die Eiterung noch fortdauerte, wünschten die Eltern die Patientin nach Margate, an die Seeküste, zu schicken; es wurde diesem Wunsche nachgegeben, und, wie ich höre, soll es dem Kinde dort wohl gehen.

5te Beobachtung. Isabella M., eilf Jahre alt, hat ein scrophulöses Geschwür in der rechten Parotidealgegend; es ist bemerkenswerth, daß das Kind erst im dritten Lebensjahre anfing zu gehen. Am 9. July werden 12 Pulver aus Calcar. phosphoric. gr. iv Sacch. gr. vj. dreimal täglich ein halbes Pulver zu nehmen, verordnet. Am 16. July war der Verheilungsproceß schon im Beginne; weitere zwölf Pulver führten die Heilung herbei.

6te Beobachtung. George Tailor, zwei Jahr alt, litt seit längerer Zeit an scrophulöser Ophthalmie, welche zu Geschwürbildung auf der Cornea führte, und gleichzeitig an Ulcerationen des Gesichts. — Der anfängliche Gebrauch des Ol. jec. Asell. führte keine Besserung herbei; am 25. August wurde sodann Calcar. phosphoric. verordnet. Am 8. September waren die Geschwüre des Gesichts verheilt, die Ophthalmie gebessert und die Ulcera cornea in der Verheilung begriffen. Aus einem Absceß am Arm wurde ein wäßriger Eiter entleert. Der retardirte Stuhl wurde durch salinische Purgantien bethätigt. Am 29. September waren alle Geschwüre verheilt.

7te Beobachtung. Clara J., dreißig Jahr alt, unverheirathet, scrophulöse Gesichtsbildung. — Neben vielfachen hysterischen Erscheinungen findet sich bei der Patientin ein kleiner Ab=

sceß an der Nase: derselbe wird geöffnet. Die Oeffnung verheilt aber nicht, sondern es bildet sich ein Ulcus. Ol. jec. Asell. wird längere Zeit ohne Erfolg gegeben; auch Calcar. phosphor. führte anfangs keine Veränderung herbei, außer daß der Grund des Geschwürs besser wurde; es ergab sich aber, daß Patientin die Krusten immer abkratzte und dadurch die Verheilung verhinderte. Am 13. September wurde sie im Hospital aufgenommen und das Geschwür verheilte jetzt bei Anwendung des Kalkes binnen zehn Tagen gänzlich; die Kruste fiel dann von selbst ab. — Ich bemerke übrigens, daß die Patientin im Hospital auch Ol. jec. erhielt; dennoch schreibe ich die Verheilung des Ulcus der Calcaria zu, da mehrfache Erscheinungen der scrophulösen Dyskrasie, wie z. B. Harnsedimente von oxalsaurem Kalk rc., noch nach der Verheilung fortbestanden und das Ol. jecor. dieselbe durchaus noch nicht gehoben hatte.

Diesen von mir selbst angestellten Beobachtungen füge ich einige hinzu, die ich der Güte des leider jüngst verstorbenen Herrn Dr. Schmidt sen. in Bremen verdanke. Sie bestätigen in sehr erfreulicher Weise meine Erfahrungen, und ich kann nicht unterlassen, die briefliche Mittheilung des Herrn Dr. Schmidt wörtlich wiederzugeben.

„Versuche mit Calcaria phosphorica:

8te Beobachtung. „Marie Struve, sechs Jahr alt, ein bleiches, cachektisches Kind, von lymphatischem Habitus, hatte schon früher anhaltend an scrophulösen Augenentzündungen, namentlich an Ulcera corneae, gelitten, die nur sehr langsam zur Heilung gelangten. Seit sechs Monaten genesen, wurde sie neuerdings befallen, und erschien jetzt mit einer scrophulösen Conjunctivitis und einem nicht unbedeutenden Ulcus corneae, zu dem ein ansehnlicher Streifen stark aufgetriebener Blutgefäße vom äußern Augenwinkel sich hinzog. Große Lichtscheu und starker Thränenfluß waren damit verbunden. Die Nase war aufgeschwollen und beide Nasenlöcher durch scrophulöse Geschwürbildung wund. Appetit war sehr gering und die Stimmung verdrossen und weinerlich. Eine schon früher gebrauchte Augensalbe ℞ Hydrarg. oxyd. alb. gr. iij. Butyr. rec. insuls. ʒij hatte die Mutter wieder in Gebrauch gezogen. Ich verordnete am 16. September 1847: ℞ Calcar. phosphoric. gr. v. Sacch. alb. ß. Tal. dos. xij. S. Nach dem Frühstück und Mittagsessen ein Pulver mit Wasser zu nehmen. Am 23. September war das Ulcus corneae kleiner, der Gefäßstreifen weniger intensiv geröthet und schmäler; die Lichtschen geringer. Die Nasenlöcher waren weniger wund und das ganze Aussehen des Kindes hatte gewonnen. Der Appetit war vermehrt und das Kind fing an, heiterer zu werden. Am 18. September hatte die Augenkrankheit noch mehr abgenommen, die Nasenlöcher waren beinahe ausgeheilt. Die Gesichtsfarbe des Kindes ist sehr viel frischer und reiner, seine Fröhlichkeit und Heiterkeit setzt die Mutter in Erstaunen (der Mutter eigene Worte). Die Pulver werden nochmals wiederholt. Am 5. October konnte ich das Kind hergestellt entlassen. Nicht nur, daß das übel aussehende Ulcus schnell verheilt war, sondern es war bis auf eine leichte Trübung keine Spur desselben zurückgeblieben. Das Kind hatte sich im Allgemeinen vortheilhaft verändert und an Aussehen und Fülle gewonnen."

9te Beobachtung. „Martin Röber aus Weserdeich, im siebenten Jahre, blond, blauäugig, für sein Alter klein und unbeholfen, dagegen pastos, mit dickem Kopf, aufgedunsenem, stark gefärbtem Gesicht u. s. w. leidet schon seit 3½ Jahren an ausgebildeter Scrophulosis, die sich namentlich durch fast beständigen Catarrh und eine Menge Drüsen und Ulcera, sowohl in der Gegend der Ohren, als am Halse, bei dicker Nase und entzündeten Augen, ausspricht. Während dieser drei Jahre war zur Abhülfe durch Diät und anhaltenden Gebrauch von Ol. jec. Asell., Jod, etc. Manches geschehen, ohne jedoch Heilung, wenn auch Besserung, zu erreichen. — Am 27. September hatte er noch 12 verschiedene Wunden und viele Knollen an der angegebenen Stelle. Dieselbe Vorschrift von Calcar. phosphoric. Dos. xxiv, wie oben, wurde auch ihm gegeben. Am 25. October erschien er wieder; alle seine Geschwüre hatten sich vernarbt, auf einigen fand sich noch eine Kruste, ähnlich der Lepra alphosa. Die Drüsenverhärtungen waren kleiner, das gedunsene Gesicht war mehr beigefallen und sichtlich war das Kind lebhafter und behaglicher geworden; überhaupt schien sich das Allgemeinbefinden so gebessert zu haben, daß ich jetzt die Mutter auffordern konnte, den Knaben eine eine halbe Stunde von seiner Wohnung entfernte Schule besuchen zu lassen, was ich am 27. September auf ihr Befragen noch verweigern mußte. Ich verordnete nochmals für 24 Tage die Calcar. phosphoric. und empfahl, mit dem Kinde nochmals zu mir zu kommen, was aber nicht geschah; wahrscheinlich ist die Besserung nachhaltig geblieben."

10te Beobachtung. „Fräulein B., 46 Jahre alt, litt seit einigen Jahren an lymphatischen Geschwülsten an der Wangenseite, am Halse, am Schultergelenk, am Ellbogen, am Knie u. s. w., von denen mehre in Eiterung übergegangen sind und üble Geschwüre bilden. Ein Versuch mit Calcar. phosphoric., zweimal täglich 8 Gran, erregte unangenehme Leibschmerzen, die auch eintraten, als die Dosis um die Hälfte herabgesetzt wurde. Nach 18 Tagen mußte ich von dem Versuche abstehen. Einen Einfluß auf das Uebel habe ich nicht bemerkt."

11te Beobachtung. „Zwei Kinder mit Ausfluß aus den Ohren, welcher den äußern Gehörgang ziemlich excoriirt hatte, genasen nach kurzer Zeit, wie mir scheint in Folge des Mittels."

12te Beobachtung. „Louise B. litt an scrophulöser Auftreibung der Nase, Schnupfen, leichter Ophthalmie in Folge desselben, Wundsein der Nase. Ein fast achtwöchentlicher Gebrauch der Calcaria hatte den guten Erfolg, daß alle oben angegebenen Beschwerden gewichen sind und das Kind viel wohler, als vor der Cur aussieht. Auch sie gab einigemal Leibweh als Folge (?) der Pulver an."

Nach diesen Erfahrungen handelte es sich um die Entscheidung der wichtigen Frage, ob der phosphorsaure Kalk in der That nur den Zellenbildungsproceß fördere oder ob er eine specifische Einwirkung auf die scrophulöse Dyscrasie habe. — Die folgenden Beobachtungen werden dazu dienen, mit ziemlicher Bestimmtheit hierüber entscheiden zu können, und ich werde zunächst die Fälle von allgemeiner Scrophulosis, und sodann die von verschiedenartigen Geschwüren, welche ich mit Calcaria behandelte, zusammenstellen.

Die obige vierte Beobachtung hätte zunächst ebensowohl hier, als dort ihren Platz finden können. Es verheilten die scrophulösen Geschwüre, die Dyscrasie selbst aber wurde nicht getilgt. Ein Gleiches läßt sich von der 1. und 7. Beobachtung sagen.

13te Beobachtung. Priscilla W., 16 Jahre alt, trägt den scrophulösen Habitus und leidet an einer Conjunctivitis. Sie wurde vom 9. bis zum 27. Februar an derselben behandelt; eine fortgesetzte Anwendung kalter Ueberschläge, salinischer Purgantien und die Application eines Empl. canthar. im Nacken führten Genesung herbei. — Am 3. Mai stellte sich jedoch das Mädchen wieder ein; es war seit einigen Tagen die Oberlippe stark geschwollen, eine Blepharadenitis mit beträchtlicher Anschwellung der Augenlieder entstanden, und auch die Conjunctivitis zeigte sich in geringem Grade wieder; zugleich fand der Ausbruch eines impetiginösen Ausschlags an einigen Stellen des Gesichts Statt. Es wurde jetzt Calcar. phosphor. gr. iv. Sacch. alb. gr. vj. M. f. p. Disp. tal. dos. xij S. dreimal täglich ein halbes Pulver zu nehmen verordnet *). Am 4. Mai sah ich die Patientin wieder, aber sowohl Impetigo, als Lippengeschwulst, als Conjunctivitis und zum Theil auch die Blepharadenitis waren verschwunden. Die Calcaria wurde wiederholt, und es kann als ein Zeichen des andauernden Wohlbefindens betrachtet werden, daß sich Patientin bis jetzt nicht mehr hat sehen lassen.

14te Beobachtung. Mary G., 25 Jahre alt, Tochter eines tuberkulösen Vaters und einer gesunden Mutter, Schwester zweier an „Auszehrung" verstorbener Brüder, trägt durchaus nicht den scrophulösen Habitus, leidet aber seit längerer Zeit an Anschwellungen der Halsdrüsen und an drei bis vier Geschwüren am Halse, über dem Sternum, und über der Clavicula. Dabei wird über großes Schwächegefühl geklagt; anaemisches Colorit. — Ol. jec. Asell. ist seit kurzer Zeit ohne Erfolg gebraucht. Am 26. Juny wird Calcaria verordnet; am 4. July ist das Ulcus über dem Sternum bedeutend kleiner. Der abgesonderte Eiter, der früher, namentlich aus einem sehr tiefgreifenden Geschwüre, ein sehr wässeriger war, wird jetzt gut und rahmähnlich. — Am 25. July zeigen sich alle Geschwüre in der Heilung begriffen; eine beträchtliche Drüsengeschwulst in der Submaxillargegend bleibt zurück; nach längerer Abwesenheit der Patientin endlich, aber bei zeitweiliger Fortsetzung der Calcaria, sah ich sie am 10. October wieder; alle Geschwüre sind verheilt, die Geschwulst der Drüse ist aber noch vorhanden. An der einen Stelle derselben hat sich ein kleiner Abſceß gebildet, aus dem einige Tropfen sehr guten Eiters entleert wurden. Die Schwäche hat sich verloren; Patientin sieht kräftiger und wohler aus.

15te Beobachtung. Eliza J., 18 Monate alt, hat kürzlich gleichzeitig 6—8 Zähne bekommen. Kurz darauf bricht eine

*) Diese Verordnung habe ich hier immer beibehalten und führe sie deshalb weiterhin nicht wieder an.

Tinea capitis aus; dieselbe ist ganz frisch, als das Kind zum Hospital gebracht wird. Es wird sogleich (am 27. Juni) Calcaria und daneben eine Natronsalbe für die Eruption am Kopfe verordnet. Am 4. Juli zeigt sich Vernarbung der Haut unter den Krusten; eine wiederholte Dosis der Calcar. führte vollkommene Genesung herbei.

16te Beobachtung. Mary Wh., 10 Jahr alt, trägt den scrophulösen Habitus, hat aber bis dahin weder an Hautausschlägen, noch Drüsenanschwellungen, noch Augenentzündungen gelitten; nur seit zwei Jahren ist nach und nach eine nicht unbedeutende Anschwellung des linken Carpus entstanden und dieselbe bis dahin mit Compressivverbänden rc. behandelt. Am 29. März kam das Kind zuerst zum Hospital. Es wurde sogleich Calcaria, aber wegen der Bedenklichkeit des Leidens auch Ol. jecor. gegeben. Allein es trat durchaus keine Besserung ein, im Gegentheil, es bildeten sich Abscesse, und das Vorhandensein von Caries war keinem Zweifel unterworfen. — Im Laufe des Monats April wurden drei Abscesse geöffnet, es wurden warme Cataplasmen mit Infus. Chamomill. verordnet, die obigen Verordnungen noch festgesetzt, allein ganz ohne besondern Erfolg. Namentlich war es mir auffallend, daß, was sonst nie der Fall war, der Eiter nicht besser wurde; er blieb stets wässerig, saniös; nur erst als einige Ligaturen applicirt wurden, glaubte ich an den starken Granulationen der Incisionsstellen eine Einwirkung des Kalkes erkennen zu können. Das allgemeine Befinden blieb übrigens gut und erforderte keine besondere Behandlung; das Kind gewann sogar an Frische und Fülle. Am 26. Mai trat aber plötzlich eine Veränderung ein; bei mäßigem Fieber, bei den Erscheinungen eines acuten Magencatarrhs, schwoll die Hand beträchtlich auf, die Eitersecretion vermehrte sich, ein neuer Absceß bildete sich nach der Vola zu, während sich die frühern auf dem Dorsum befanden. Blutegel wurden vergebens applicirt; Purgantia, anfangs etwas

Calomel mit Jalappe, später Natr. sulphuric. wurden verordnet, im Ganzen blieb aber die Geschwulst ziemlich die frühere. Endlich wurde beständige Fortsetzung kalter Bähungen mit Seesalzwasser empfohlen, und diese hatten einen herrlichen Erfolg. Die Hand fiel immer mehr zusammen, die Eiterung hörte auf, die Ligaturen waren schon entfernt und ihre Wunden vernarbten, das subjective Befinden war ganz nach Wunsch. Es wurde jetzt wieder Ol. jecor. angewandt, daneben auch Calcar. mit Natr. phosphor. gegeben, und, ob in Folge davon, oder nicht, im Monat September konnte das Kind als genesen betrachtet werden. Die Hand war zwar im Carpus und Metacarpus anchylosirt, ein Fistelcanal noch nicht ganz geschlossen, jedoch der Krankheitsproceß selbst jedenfalls erloschen. — Ich entnehme dieser Beobachtung keine weitere Bemerkung, als daß die Calcar. nicht im Stande war, die scrophulöse Caries allein zu heilen.

17te Beobachtung. Daniel Sharp, 4½ Jahr alt, in sehr ärmlichen Verhältnissen lebend, kommt am 19. März zum Hospital. Seit 8 Wochen hat der Knabe die Fähigkeit zum Gehen verloren und ist sehr abgemagert. Er hat ein sehr anaemisches, erdfahles Colorit; die Hautvenen sind stark entwickelt und scheinen überall durch die Haut hindurch. Auf den Wangen umschriebene Röthe, sehr frequenter, kleiner Puls; Phantasieen im Schlaf; Klagen über Kopfschmerz. — Aus dem rechten Ohre wird eine reichliche Menge sehr unangenehm riechenden, jauchigen Eiters entleert; der Nervus facialis ist in seinem Verlaufe durch den canal. Fallop. comprimirt oder zerstört, denn die sämmtlichen von ihm versehenen Muskeln der rechten Gesichtshälfte sind gelähmt. Aus dem linken Ohr findet ebenfalls ein Ausfluß Statt, welcher aber nicht so beträchtlich ist. Der Digestionsapparat bietet die Erscheinungen beginnender Darmgeschwüre dar; 3—4 flüssige Sedes täglich, belegte Zunge, sehr starker Appetit, aufgetriebener Unterleib u. s. w. — Da augenblicklich die Calcar.

phosphorica nicht vorräthig war, sondern erst im Laboratorium präparirt werden mußte, so erhielt der Patient zunächst 3 Unzen Ol. jec. Asell. und Aq. Calcis, dreimal tägl. einen Eßl. voll zu nehmen; am 29. März wurde dann aber der Kalk allein, zu 2 Gran dreimal tägl. gereicht. Am 5. April zeigte sich die Veränderung, daß der Ausfluß aus dem linken Ohre ganz aufgehört hatte, der aus dem rechten aber geringer und der Qualität nach bedeutend besser wurde. Das Kind sollte der Aussage der Mutter nach heiterer sein; die Diarrhoe hatte aufgehört; das Fieber ließ nach. Am 12. April stand das Kind schon wieder auf seinen Füßen, das Colorit und der gesammte Habitus hatten sich bedeutend gebessert, das Kind war stärker geworden, aus dem rechten Ohre wurde noch ein dicker, guter, rahmähnlicher Eiter entleert. Am 30. April war die Besserung in gleichem Maaße fortgeschritten und am 24. Mai endlich war das Kind genesen. Es ging prächtig, war heiter und lebhaft, der Digestionsapparat war geregelt, der Ausfluß aus dem Ohre hatte aufgehört, an seiner Statt war aber eine wuchernde Excrescenz der Schleimhaut entstanden. Es gehört diese Beobachtung unstreitig zu den erfreulichsten, welche ich gemacht habe, und es leidet keinen Zweifel, daß die schönen Resultate dem Kalke zuzuschreiben sind.

18te Beobachtung. Caroline R., 9 Jahr alt, von scrophulösem Habitus, leidet seit 3 Wochen an einer bedeutenden Anschwellung der untern Epiphyse der Tibia des rechten Beines. Die Haut darüber ist sehr gespannt, die Venen stark entwickelt. Es wird lediglich Calcar. verordnet; der Erfolg ist nicht bedeutend; jedoch hatte sich binnen 4 Wochen die Geschwulst etwas verkleinert und die acuten Erscheinungen derselben, Röthe, Hitze u. s. w. waren gewichen. Die Beobachtung wurde durch die Abreise des Kindes unterbrochen.

Ich füge diesen Beobachtungen einige andere hinzu, welche ich einer brieflichen Mittheilung des Herrn Dr. Lorent in Bremen verdanke; zwar sind dieselben keineswegs rein, indeß beweisen sie die Unzulänglichkeit der Calcar. zur gänzlichen Hebung einer scrophulösen Dyscrasie.

19te Beobachtung. „Wilhelm K., 2 1/2 Jahr alt, wurde vor 15 Monaten im Kinderkrankenhause aufgenommen; er litt im hohen Grade an Atrophie und hatte einen großen rhachitischen Schädel, dessen große Fontanelle noch jetzt 3/4 Zoll im Durchm. geöffnet ist. — Bei der bessern Pflege, dem Gebrauche von Ferr. carbon. cum Rheo et Magnes. carbon., Ol. jecor. Asell. und häufigen Bädern von Mutterlaugensalz besserte sich das Kind. Die letzten 3 Monate wurde neben den Bädern Calcar. mit Zucker, viermal täglich eine Messerspitze voll genommen, von dessen Gebrauche aber keine auffallende Wirkung bemerkt worden ist; das Allgemeinbefinden besserte sich eben so langsam, wie bei den übrigen Mitteln."

20ste Beobachtung. „Anna H. wurde im April 1847 im 7. Jahre mit bedeutender Spondylarthrocace und über den ganzen Körper verbreiteten scrophulösen Geschwüren im Kinderkrankenhause aufgenommen. Unter dem Gebrauche von einem Pulver aus Rheum cum Antimon. crud., Ferr. alcohol., Magnes. carbon. und Jod, Ol. jec. Asell., unter Anwendung von Cataplasmen und häufigen Bädern von Rehmer Mutterlaugensalz besserte sich die Patientin in dem Grade, daß im September der ganze Körper rein von Geschwüren und die Paedarthrocace an den Fingern und Fußzehen geheilt war, während die Spondylarthrocace, wenn gleich der Rücken spitzer geworden, in der Heilung begriffen schien. Große Abmagerung zeichnete die Kranke aus, derentwegen die schon seit September angewandte Calcaria fortgesetzt wurde. Jedoch äußerte bis jetzt der Gebrauch des Mittels keinen sichtlichen Erfolg, im Gegentheil ist die Abmagerung größer geworden und im Februar 1848 stellte sich Porrigo favosa capitis ein; bald darauf bildeten sich wieder an den frühern

Stellen unter der Haut liegende Knoten, die Neigung zum Aufbruch haben und tuberkulös scheinen und die verheilten Stellen der Finger und Fußzehen fangen wieder zu eitern an." (Es fehlen die Data der eingetretenen Geschwürsbildung und des Beginns des Gebrauchs der Calcaria.)

21ste Beobachtung. Gesine V. kam im Alter von 1½ Jahren mit Atrophia infantum und rhachitischer Verbiegung der Rippen im August 1847 in das Kinderkrankenhaus. Sie erhielt eine kräftige Diät, Mutterlaugenbäder und seit September Calcar. phosphor. — Die rhachitische Verbiegung und die damit zusammenhängende Kurzathmigkeit besserte sich, wenn gleich die Atrophie sich noch mehrte, bei regelmäßiger Verdauung und heiterer Stimmung.

22ste Beobachtung. Rebecca V., ein starkes, pastoses Kind von 4 Jahren, litt seit einem Jahre an Arthrocace des Ellenbogengelenkes, aus deren drei Abscessöffnungen eine profuse Eiterentleerung stattfand. Cataplasmata, Mutterlaugensalzbäder und Calcaria wurden angewandt. Die Eiterung und die Geschwulst des Gelenkes nahm im Verlaufe von 3 Monaten ab. Das Kind wurde magerer.

Ein ähnlicher Fall wurde von meinem Freunde Dr. Seuhr in Celle ohne Erfolg behandelt; dagegen sah wieder Herr Professor Oppolzer, der die Güte hatte den Kalk zu versuchen, in einem gleichen Falle ein sehr günstiges Resultat; die Fistelgänge verheilten und das Gelenk wurde dünner. Beide Bemerkungen verdanke ich kurzer mündlicher Mittheilung und kann deshalb die nähern Verhältnisse nicht angeben.

Weitere hierher gehörige Beobachtungen verdanke ich der Güte meines Freundes, Stadtphysikus Dr. Brandes in Hannover. Er wandte den phosphorsauren Kalk in drei Fällen an, und theilt mir darüber Folgendes mit: „In einem Falle gab ich das Mittel bei scrophulöser Drüsenanschwellung des Halses neben einer langwieriger scrophulösen Ophthalmie, in einem zweiten bei Anschwellung der Halsdrüsen und chronisch gewordener Eiterung in der Parotideal- und Unterohrgegend. Die Individuen waren 4 und 19 Jahre alt und zeigten den scrophulösen Typus unverkennbar. Ich weiß nicht, ob dieß die rechten Fälle waren, wo man Erfolg erwarten konnte, aber daß ich nach 4—5wöchentlichem Gebrauche von täglich 3—10 Gr. Calcar. durchaus keinen Erfolg sah, kann ich versichern." Der dritte Fall betraf ein Kind mit scrophulöser Impetigo. Nach etwa 6wöchentlichem Gebrauch der Calcar., zuletzt in der erhöhten Dosis von dreimal täglich 10 Gran, war die Krankheit gehoben und vollständige Heilung trat ein. „Es wurde daneben nichts Anderes angewendet. Aber nach etwa zwei Monaten trat der Ausschlag wieder auf und besteht noch fort. Ich lasse jetzt wieder dasselbe Mittel nehmen. In andern Fällen habe ich gar keinen Erfolg gesehen, doch sind darunter keine Geschwüre, was ich von vorn herein bemerke."

In Fällen der ganz gewöhnlichen Scrophulosis ohne jede Geschwürsbildung habe auch ich in der letztern Zeit mehrfach die Calcaria versucht; ich habe jedoch keinen entschiedenen Einfluß auf die Dyscrasie bemerkt, namentlich bestanden die Drüsenanschwellungen meistens fort.

Wenn nun auch nicht mit evidenter Gewißheit, so geht doch mit größter Wahrscheinlichkeit aus den vorstehenden Beobachtungen hervor, daß der phosphorsaure Kalk die scrophulöse Dyscrasie in toto nicht, daß er dagegen die in dieser Dyscrasie begründete mangelhafte Zellenbildung in den meisten Fällen hebt. Zweifelhaft muß ich es lassen, wie sich der Kalk zu den dyscrasischen Gelenkentzündungen und deren Ausgängen verhält; künftige Beobachtungen müssen darüber ebenso entscheiden, wie über einige scheinbare Widersprüche, welche sich in den mitgetheilten Fällen finden.

Ich wende mich hiernach zu Geschwüren nicht scrophulösen, sehr verschiedenen Ursprungs und deren Verhalten bei der Darreichung des Kalkes. — Sie haben mir in der That untrügliche Beweise für den zellenbildungsfördernden Einfluß desselben geliefert. Ich glaube es jedoch erwähnen zu müssen, daß man hiebei von richtigen Prämissen ausgehen muß. Wenn z. B. ein Patient an s. g. varicösen Geschwüren leidet, die Varices die Veranlassung zu Exsudaten ins Zellengewebe geben, und die Gegenwart dieser wieder die Geschwürsbildung veranlaßte, so darf man nicht hoffen, mit Darreichung der Calcar. die mechanischen Entstehungsursachen des Geschwürs und eventualiter das Geschwür selbst hinwegzuschaffen. — Wenn dagegen in syphilitischen, secundären, tiefgreifenden Geschwüren bei Anwendung des Kalkes der Zellenbildungsproceß auf eine eclatante Weise gehoben ist und die Geschwüre rasch zur Heilung gebracht sind, so liegt darin gewiß eine dringende Aufforderung den Kalk in gleichen Fällen mehrfach zu versuchen. Die Frage nach dem Wie? einer Heilindication kann nur dann richtig beantwortet werden, wenn man weiß, was man zu heilen hat und was man heilen will. Nur bei der jedesmaligen Vorlage dieser Frage, deren Antwort nach dem Stande unseres Wissens freilich oft traurig genug ausfällt, können die Heilindicationen einige Rationalität erlangen.

23ste Beobachtung. Am 27. März wurde im Hospital Peter W., 34 Jahr alt, mit den Erscheinungen eines sich bildenden Abscessus psoae der rechten Seite aufgenommen. Es bildete sich bald eine Geschwulst neben den Lumbarwirbeln und sobald Fluctuation in der Tiefe wahrgenommen werden konnte, wurde eine Incision gemacht und eine beträchtliche Menge Eiters entleert. Täglich wurde in der ersten Zeit eine gleiche Quantität ergossen; die Sonde drang nach unten gegen vier, nach oben gegen fünf Zoll weit unter die Bedeckungen ein. Es wurde eine Ligatur applicirt. Der Patient aber magerte ab, litt an sehr copiösen Schweißen, fieberte beständig, die Eiterung blieb sehr beträchtlich; kurz, es sah um die Prognose sehr mißlich aus. Am 17. Mai wurde Calcaria phosphorica verordnet. Decoct. chinae wurde schon längere Zeit genommen. Der Erfolg war in der That ein sehr günstiger. — Der Eiterabfluß wurde nach und nach geringer, die Schweiße verschwanden, der Patient nahm an Kraft und Fleisch zu und bis zum 26. Juni waren die weiten Fistelgänge sämmtlich mit Granulationen ausgefüllt und vernarbt. Das Allgemeinbefinden war sehr zur Zufriedenheit. — Es war in diesem Falle namentlich interessant, schon kurze Zeit nach Anwendung des Kalkes die üppigste Granulationsbildung an den Oeffnungen des Ligatur-Canals zu beobachten, eine Beobachtung, welche ich später öfter gemacht habe. Ich konnte nicht umhin, die rasche Herstellung des Patienten zum größten Theile der Calcaria zuzuschreiben.

24ste—29ste Beobachtung. Ich fasse, um ermüdende Krankengeschichten zu vermeiden, diese Beobachtungen zusammen. Es betreffen dieselben Ulcerationen der verschiedensten Art. — Im ersten Falle hatte der Patient Johann K., 40 Jahr alt, in Folge einer Lymphangioitis einen beträchtlichen Absceß in der Gegend der Malleoli; dieselbe wurde geöffnet. Aber die Verheilung trat nicht ein, es bildete sich vielmehr ein großes Geschwür, dessen Ränder nach und nach callös wurden. Es schien anfangs, am 13. Mai, als ob die Natur die Heilung allein zu Stande bringen würde, es bildeten sich scheinbar gute Granulationen auf dem Grunde des Geschwürs; allein es blieb bald bei diesen Granulationen stehen. Vergeblich wurden belebende Cataplasmen angewandt, Scarificationen der Ränder und des Bodens vorgenommen u. s. w.; am 24. Mai wurde Calcar. verordnet. Es trat die Granulationsbildung jetzt in der That sehr rasch ein und bis zum 9. Juni war das Geschwür durchaus verheilt. — Einem zweiten Patienten war vor etwa dreiviertel Jahren die vordere Hälfte des Fußes amputirt; es hatte sich jetzt an der Stelle der Vernarbung der Wunde bei etwas stärkerer Anschwellung als gewöhnlich eine Exulceration gebildet, und es ist nicht unwichtig zu bemerken, daß eben die Vernarbung dieser Stelle auch zum ersten Male eine bedeutende Zeit erforderte. Es wurden zunächst Cataplasmen mit Infus. Chamomill., Ugt. basilic. u. dgl. mehr angewandt; allein wenn es auch gelang, einige Granulationen hervorzurufen, es wollte sich durchaus keine eigentliche Narbe, kein Hautgewebe bilden, und die Granulationen selbst waren sehr schwammig und unkräftig. Es wurde darauf Calcar. versucht; zuerst am 10. Mai. Am 15. Mai habe ich bemerkt, daß seit den letzten 36 Stunden die Bildung eines weißlichen Narbengewebes an den Rändern des Geschwüres sichtbar wurde; am 19., daß die Granulationen sehr üppig seien und das Narbengewebe weiter vorschieße; am 30. Juni endlich, daß das Narbengewebe, nach mehrmals intermittirtem Gebrauche der Calcaria fest und vollendet sei, womit denn der Patient entlassen wurde. Die dritte und vierte Beobachtung betrafen zwei mit aus Furunkeln entstandenen Geschwüren behaftete Patienten, Heinrich Lahmann, 41 Jahr alt, und Sigism. Binkowsky, 21 Jahr alt. — Die anfangs mit Cataplasmen längere Zeit vergeblich behandelten, tiefgreifenden Geschwüre bekamen sehr bald nach Anwendung der Calcaria ein gutes Ansehen; die Granulationen wären üppig und von bester Beschaffenheit; ich konnte diese Wirkung ganz entschieden dem Kalk zuschreiben. Es ist eine schon mehrfach erwähnte, gewiß durchaus richtige Ansicht, daß der Furunkelbildung, wo sie in reichlichem Maaße stattfindet, eine bestimmte Blutkrase, die als furunculöse bezeichnet wird, zum Grunde liege. Es war mir nun sehr interessant in den bezeichneten Fällen das Verhalten dieser Krase bei der Darreichung des Kalkes zu beobachten. (Gleiche Beobachtungen wurden auch an 3—4 andern Subjecten gemacht). Es erlosch nämlich die Krase keineswegs — dieses wurde meistens erst durch die nachherige Anwendung des Solut. arsenical. Fowler. erreicht, allein sie schien sich in Etwas zu ändern. Es fanden noch pathologische Ablagerungen in das Zellgewebe verschiedener Körpertheile statt, allein selten kam es zu einer Vereiterung des Exsudates und Zerstörung des involvirten Zellgewebes, vielmehr wurde in einigen Fällen das Exsudat hart, vielleicht organisirt, und in andern Fällen wurde beim Einschnitt nur sehr wenig Eiter und etwas Serum entleert; nie aber beobachtete ich wieder einen normalen Furunkel und ein eventuelles, tiefgreifendes Geschwür; bildeten sich Ulcerationen, so waren sie mehr oberflächlich. — Es scheint nach allen vorliegenden Thatsachen ziemlich außer Zweifel, daß die der Furunkelbildung zu Grunde liegende Krase zu den auf qualitativen Abnormitäten der schwefel- und stickstoffhaltigen Bestandtheile des Blutes beruhenden Krasen gehöre. Wir sehen aus den vorliegenden Beobachtungen, daß das Quale der Krase durch Darreichung eines Stoffes geändert wird, welcher in der engsten Verbindung mit jenen Bestandtheilen steht, und es erhält dadurch meine weiter unten zu erwähnende Vermuthung, daß die qualitativen Alterationen der organischen Blutbestandtheile meistens die Folge von Abnormitäten im Quale oder Quantum der unorganischen, sicher aber immer davon begleitet seien, eine nicht unbedeutende Stütze. — Eine 5te Beobachtung betrifft einen Cholera-Reconvalescenten, Heinrich Mohr, 30 Jahr alt. Ein um die Unterschenkel geschlagener Sinapismus hatte an dem rechten Unterschenkel eine Ulceration herbeigeführt, und wiewohl Patient damit in der Hoffnung aus dem Hospital entlassen war, daß es in einigen Tagen verheilen werde, kehrte er nach 8 Tagen wieder zurück und beklagte sich, daß das Geschwür noch immer offen sei. Es war circa 3 Zoll lang und 1 Zoll breit. — Anfangs wurden Chamillenumschläge, Ungt. basilicum u. s. w. angewandt, allein es wollten sich keine gute Granulationen bilden, vielmehr behielt das Geschwür einen speckigen, unfruchtbaren Grund; nach etwa 12 Tagen versuchte ich den phosphorsauren Kalk. Schon am dritten Tage begannen Granulationen aus dem schlechten Grunde hervorzuschießen; es wurde absichtlich äußerlich nichts mehr angewandt, als ein Heftpflasterstreifen zur Bedeckung; mit jedem Tage nahmen die Granulationen zu; es war eine Freude, dieses frische Leben zu sehen. Wenige Tage darauf begann dann auch die Narbenbildung: aber wunderbar genug, nicht, wie gewöhnlich, vom Rande des Geschwürs aus, sondern mitten auf dem Geschwürsgrunde; wo die Granulationen zuerst erschienen waren, überzogen sich dieselben auch zuerst mit dem Narbengewebe. Nach und nach entstanden auf diese Weise mehre Hautinseln, welche dann endlich in eins zusammenflossen. In etwa zehn Tagen war der Heilungsproceß vollendet.

An diese Beobachtungen reihe ich diejenigen, welche ich an secundären syphilitischen Geschwüren gemacht habe; dieselben lieferten mir sehr überraschende Resultate, und habe ich auch bis dahin nur zu drei Beobachtungen Gelegenheit gehabt, so glaube ich doch aus ihnen mit ziemlicher Gewißheit auf den entschiedenen Einfluß des Kalkes schließen zu können. Auch hier liegt natürlich jeder Gedanke an die Hebung der Dyscrasie selbst fern, allein es bieten die secundären und tertiären Formen der Syphilis manche Verhältnisse dar, die einerseits unzweifelhaft die Existenz einer (oben erwähnten) qualitativen Alteration der zu den Bildungsprocessen nothwendigen Blutbestandtheile darthun, andrerseits aber schon a priori an die interessanten Beziehungen des phosphorsauren Kalkes zum Zellenbildungsproceß und an sein Verhältniß zu jenen Blutbestandtheilen selbst denken lassen. Ich erinnere in Bezug auf diese beiden Punkte an die Ablagerung krankhaften Bildungsstoffes, die der Geschwürsbildung vorausgeht, überhaupt; bemerke, daß auch hier, wie eben bei allen Geschwürsbildungen kein normaler Zellenbildungsproceß stattfindet, weil das für ihn nothwendige Requisit, ein normales Material, fehlt; erinnere, daß wir neben der Geschwürsbildung allgemeine Abmagerung, also allgemein gehinderten Zellenbildungsproceß beobachten, und glaube endlich, daß, wenn nicht schon die erwähnten Punkte, die besondern Beziehungen der Syphilis zum Knochensystem auf abnorme durch sie herbeigeführte Verhältnisse des phosphorsauren Kalkes wenigstens hinweisen. Ganz im Vorübergehn möchte ich auch hier der gewiß nicht ohne Grund aufgestellten Behauptung erwähnen, daß Kinder von syphilitischen Eltern meistens scrophulös seien; die in beiden Krankheitsprocessen beobachteten Affectionen des Knochensystems, Geschwürsbildungen, Ablagerungen pathologischer Stoffe in gleichen Systemen, der mangelhafte Ernährungsproceß überhaupt, u. s. w. geben in der That zu manchen interessanten, hierhergehörigen Betrachtungen Anlaß. Ich sage, ich erwähne dies im Vorübergehn, und in der That möchte ich nur einen gelegentlichen Gedanken ausgesprochen haben; unsere Kenntniß von dem Quale der verschiedenen, und selbst der allergewöhnlichsten Dyscrasieen ist ja noch zu mangelhaft, als daß wir uns irgend schon mit theoretisirenden Betrachtungen beschäftigen dürften; gehen wir daher sogleich zu den mitzutheilenden Factis über.

29ste Beobachtung. Elizabeth M., 24 Jahr alt, Näherin, kam am 6. August zum Hospital, selbst durchaus unwissend, daß ihr Leiden ein syphilitisches sei, und bis dahin ganz ohne ärztliche Behandlung geblieben. Sie war vor fünf Monaten inficirt und bei zunehmender Schwäche, bedeutender Abmagerung, vielfachen Digestionsbeschwerden und Verlust jeder Spur eines gesunden Colorits hatten sich nach und nach sehr bedeutende Geschwüre und zwar in beiden Ellenbogengelenken, an der Stirn, im Halse und auf dem Kopfe gebildet. Die Patientin war in der That so herabgekommen, daß sie nicht allein gehen konnte. Das Geschwür auf dem Kopfe war größer als ein Zweithalerstück und trichterförmig, die am Ellenbogen (in der Beugeseite) Thalergroß und das an der Stirn von der Größe eines Viergroschenstückes. Eine Menge kleiner Papeln und Hauttuberkeln, von deren beginnender Vereiterung an bis zur vollständigen Geschwürsbildung eine schöne Reihe pathologischer Bilder vorlag, waren vorhanden. — Der Dringlichkeit des Falles wegen wurde auf eine zunächst ausschließliche Anwendung des phosphorsauren Kalkes verzichtet; es wurde neben demselben in der gewöhnlichen Form täglich 3 — 4 mal 1/4 Gran Protojoduret. hydrarg. verordnet. 13. August. Die Geschwüre im Ellenbogen beginnen zu verheilen; es wird schon Narbengewebe sichtbar. Der Patientin eigene Worte „I feel much stronger" gaben einen Beweis für das gebesserte Allgemeinbefinden. 16. August: die Geschwüre in den Ellenbogengelenken und an der Stirn sind verheilt; die im Halse sind in der Verheilung begriffen; der Boden des großen Geschwürs auf dem Kopfe beginnt sich mehr und mehr zu heben. 23. August: Es hat sich über den frühern Geschwüren des Ellenbogengelenkes ein starkes Narbengewebe gebildet. 27. August: die Geschwüre im Halse sind verheilt. Das Geschwür auf dem Kopfe hat seine Trichterform verloren; an den Rändern beginnt die Hautbildung. — Die Fortsetzung der Behandlung wird für mehre Tage durch einen intercurrirenden Cholera-Anfall unterbrochen. 9. September: das Geschwür auf dem Kopfe hat noch die Größe eines Shilling. 24. September: das Geschwür auf dem Kopfe ist verheilt; in der Mitte befindet sich noch eine kleine trockene Kruste. Das Aussehen der Patientin hat sich im Verlaufe der Zeit total verändert; sie sieht wieder frisch und blühend aus, fühlt sich sehr kräftig; der Digestionsapparat bietet keine Krankheitserscheinungen dar. Am 15. October sah ich die Patientin wieder; das allgemeine Wohlbefinden bestand fort; unter der Kruste des großen Kopfgeschwürs hatte sich aber wieder etwas Eiter gebildet; wir glaubten dies als ein Zeichen der noch nicht gänzlich erloschenen Dyscrasie ansehen zu müssen, gaben noch einige Protojoduret-Pillen, und die Patientin ist jetzt als genesen entlassen. Ein sehr bemerkenswerther Umstand ist der, daß Patientin seit der Behandlung nicht menstruirt war, während früher nie Unregelmäßigkeiten in dieser Hinsicht stattfanden. Die Menses haben zweimal cessirt. Ich habe dieselbe Beobachtung bei zwei andern Mädchen, welche die Calcaria bei sichtbarer Zunahme der Kräfte gebrauchten, gemacht, und möchte geneigt sein, diesen Umstand, falls er sich fernerhin bestätigt, durch einen gesteigerten Verbrauch von Bildungsmaterial in der Reproduction organisirten Gewebes zu erklären.

30ste und 31ste Beobachtung. In diesen beiden Fällen, welche zwei junge Männer betrafen, lagen Geschwüre vor, welche sich aus vereiterten Bubonen gebildet hatten. Das eine war von sehr bedeutendem Umfang, das andere etwa von der Größe eines Achtgroschenstückes. In dem erstern Falle war die frische Dyscrasie bald gehoben; die Bildung von Granulationen in dem Geschwüre, das Anlegen der unterminirten Ränder ging bei Anwendung des Kalkes sehr rasch vorwärts. In dem zweiten Falle war die Dyscrasie bedeutend hartnäckiger, das primäre Ulcus blieb lange Zeit indurirt. Nun war es sehr interessant bei Anwendung des Kalkes das Verhalten des aus einem Bubo entstandenen Geschwürs zu beobachten. Auf dem Grunde desselben, der immer mit Eiter bedeckt war und ziemlich tief lag, verhinderte, wie es schien, der syphilitische Eiter selbst die Bildung organisirten Gewebes, an den höher gelegenen Rändern aber, die bei der beständigen horizontalen Lage des Patienten der Eiter nicht berührte, bildete sich ein ganzer Kranz der üppigsten Granulationen, in einer Art, wie ich sie nie beobachtet habe. Endlich, nachdem der gänzliche Schwund der Induration des primären Geschwürs das Erlöschen der Dyscrasie anzeigte, entstanden auch auf dem Grunde des aus dem Bubo gebildeten Ulcus sehr schöne Wucherungen, und in sehr kurzer Zeit war es dann verheilt.

Ich wende mich hiernach zu einer andern Reihe von Beobachtungen und zwar solchen, welche an tuberculösen Individuen angestellt wurden. Es lag nach den bei scrophulösen Subjecten gemachten Erfahrungen nahe, den Kalk auch hier zu versuchen, denn mag man auch die Frage nach der vollkommenen Identität der Scrophulosis und Tuberculosis nicht geradezu bejahen wollen, so steht doch so viel fest, daß beide die nächste Verwandtschaft haben. Die Beobachtungen lassen im Allgemeinen die bei der Scrophulosis gemachten Erfahrungen bei der Tuberculose bestätigt finden.

Die beiden ersten hierhergehörigen Fälle lieferten so interessante Resultate, daß ich nicht unterlassen kann, ihrer umständlicher zu erwähnen.

32ste Beobachtung. Carl H., ein Arbeitsmann von 26 Jahren, war seit dem 17. Februar 1847 in meiner Behandlung. Der Patient litt als Knabe an Drüsengeschwülsten und trägt den tuberkulösen Habitus in ausgezeichneter Weise. Unter der rechten Clavicula findet sich ein gedämpfter Percussions-Ton und unbestimmtes Athmen. Bei der Inspiration erfolgt rechts fast gar keine, links eine unbedeutende Einziehung der Intercostalräume. Seit längerer Zeit trockener Husten; vor einigen Tagen Hämoptoe. Die Blässe der Hautdecken, das beständige Frösteln, die große Hinfälligkeit des Patienten, namentlich bei warmer Temperatur zu diesen Erscheinungen hinzugerechnet, rechtfertigten die Diagnose einer Lungentuberkulose. Untersuchung des Unterleibes: Leber namentlich nach rechts und unten vergrößert; ganz matter Percussionston, so daß auf eine die Vergrößerung bedingende Hyperämie geschlossen werden kann. Die Funktionen des Darmkanals durchaus krankhaft. Der Leib ist eingezogen; beständige Diarrhoeen quälen den Patienten und namentlich muß er stets sogleich nach dem Essen dem Drange zum Stuhlgang folgen. Die Entleerungen sind wässerig oder breiig, stets mit Schleim untermischt; oft zeigen sich Beimischungen von Blut und Eiter. Das Vorhandensein tuberkulöser Darmgeschwüre war hiernach nicht eben zweifelhaft. — Im Uebrigen keine besondere Erscheinungen außer einem eigenthümlichen Kältegefühl im Penis, welches ich kaum anders als eine Reflexerscheinung im Bereiche der sensitiven Nerven zu deuten wußte. Es wurde nun der Patient mit Oel-Emulsionen, Opium, Morphium, Plumb. acetic. u. s. w. regalirt; doch, wurden die Erscheinungen auch zeitweilig dadurch gemäßigt, einmal sogar ganz gehoben (durch Plumb. acetic. mit Opium), so traten sie dennoch immer wieder hervor, und nach Verlauf von vier Wochen fand sich Patient immer wieder bei mir ein. Ol. jec. Asell. konnte Patient durchaus nicht vertragen; die Diarrhoe wurde schlimmer darnach. Am 19. August wurde Calcar. phosphor. gr. iv. Sacchar. alb. jß Dos. xij. zweimal täglich 1/2 Pulver zu nehmen verordnet. Eine noch vorhandene Oel-Emulsion mit Opium und Aq. lauroceras. wurde anfangs dabei geleert; alle Arbeit wurde untersagt, die größte Ruhe anempfohlen. Eingedenk der Empfehlung von Stokes, das Opium bei Darmgeschwüren, deren Heilung man bezwecke, in Anwendung zu bringen, weil es die peristaltischen Bewegungen des Darmkanals verringere, ließ ich die einfache Tinct. Op. fortgebrauchen. Ich kann mich jedoch, da sie früher fruchtlos war, nicht dem Gedanken hingeben, daß sie zu der Verheilung der sicher vorhandenen und nicht unbedeutenden Geschwüre das Beste gethan habe, wenn ich auch damit für meine Meinung nicht mehr Glauben beanspruche, als für die eines jeden Andern. Schon am 30. August erschien Patient wieder bei mir, um mir die große Zufriedenheit mit seinem Befinden zu erkennen zu geben. Er meldete mir, daß das Poltern und Kollern im Leibe immer mehr aufhöre, daß er sich etwas kräftiger fühle, daß er seit langer Zeit in der letzten Nacht zum letzten Male wieder geschwitzt habe, daß seine Ausleerungen consistenter, und normale Faeces mit geringen Beigaben eines citrig-schleimigen Fluidums entleert werden, daß endlich auch das Gefühl im Penis verschwunden sei. Im Verlaufe des Septembers wurde die obige Verordnung dreimal reiterirt, und am 29. d. M. konnte ich ihn aus der Behandlung entlassen. Der Patient erholte sich wirklich wunderbar; er nahm im ganzen Körperumfange zu, bekam einen gesunden Gesichtsausdruck und rothe Backen, und er selbst erzählte mir mit Freude, daß seine Freunde, Leute niedern Standes, sich über sein verändertes Aussehn wunderten. Seiner Arbeit konnte er ohne Beschwerde nachgehen. Im November (am 16.) kam jedoch der Patient wieder und bat sich seine Pulver aus, da die Diarrhoe wiedergekehrt sei. Es wurden ihm zunächst einige Dosen Plumb. acetic. mit Op. pur. gegeben und sodann die Calcaria; am 28. November und am 15. December ist die Gabe reiterirt, seitdem erschien aber Patient nicht wieder. Ich sah ihn oft zur Arbeit gehen, sein gutes Aussehen erhielt sich; — allein es ist meine Ueberzeugung, daß früher oder später Patient sicher von einem neuen localen Ausbruch der gewiß nicht getilgten, ursprünglichen Dyscrasie befallen werden wird. Ich selbst war nur noch vier Monate nach der Zeit der Wiederherstellung an dem Orte der Beobachtung, kann daher von dem weitern Verlaufe nichts berichten; sei dem aber, wie ihm wolle, jedenfalls ist der Fall für unsern Zweck sehr interessant. Ich zweifle nicht, daß die Darmgeschwüre verheilt waren; und wenn der Kalk einmal die Fähigkeit besitzt, den Zellenbildungsproceß zu heben, Geschwüre zur Verheilung zu bringen, so ist es in der That einerlei, ob das Geschwür in der äußern Haut oder in der Darmschleimhaut seinen Sitz hat. Die Lungentuberkulose, muß ich noch erwähnen, forderte in dem vorliegenden Falle durchaus nicht zu weiterm Einschreiten auf.

33ste Beobachtung. Ein junger Mann, Posamentirgehülfe R., 24 Jahre alt, der eben von einer linksseitigen Pleuritis genesen war, bekam plötzlich eine Pneumonie in beiden obern Lungenlappen. Diese Diagnose stand durchaus fest und da der Patient den scrophulösen Habitus trug, so zweifelte ich nicht, daß das Exsudat ein tuberkulöses sei. Meine Befürchtung traf ein; das begleitende Fieber nahm nach und nach den Charakter des

s. g. hektischen an, die Dämpfung des Percussionstons blieb, der Auswurf wurde eitrig, hatte jenen bekannten, süßlich widrigen Geruch, und betrug nach meiner eigenen Messung täglich durch vierzehn Tage hindurch 3/4 Quartier, zweimal sogar darüber. Dabei magerte Patient in drei Wochen bis zum Skelet ab und kein Mensch glaubte an sein Aufkommen; abwechselnde Diarrhoeen, beständige Schweiße und ganz unzweifelhafte Cavernenbildung, Oedem der untern Extremitäten u. s. w. ließen mich selbst jede Hoffnung verlieren. Versuchshalber leitete ich indessen folgende Behandlung ein: Gegen den beständigen und heftigen Hustenreiz und die Schlaflosigkeit: Morph. acetic.; Extr. hyoscyam. in Inf. digital. u. s. w.; zwei starke Fontanellen auf der Brust. Dabei Morgens, Mittags und Abends Bouillon und zwar in der Weise bereitet, wie Liebig in seiner bekannten, ausgezeichneten Schrift: Chemische Untersuchung über das Fleisch und seiner Zubereitung als Nahrungsmittel, Heidelberg 1847 vorschreibt. Zum Frühstück ein weichgekochtes Ei; Mittags außerdem ein wenig gekochtes Obst und leichte Fleischspeisen; dabei täglich zweimal 3—4 Gran Calcar. phosphor. Nach vierwöchentlicher Fortsetzung dieser Behandlung war der Patient ein anderer geworden; der Auswurf ließ nach, und sichtlich nahm Patient im ganzen Umfange zu, ja diese Zunahme war nach sechs Wochen so bedeutend, daß R. das Bett verließ, die Schweiße und Fieber ganz aufhörten und Leute, die ihn auf seinem Krankenlager gesehen hatten, kaum glauben wollten, daß er derselbe sei. Jetzt war noch eine geringe Dämpfung oben unter beiden Claviculis nachweisbar und das Respirationsgeräusch fast gar nicht hörbar; eine Einziehung der Intercostalräume erfolgte bei der Inspiration nicht. Seit acht Wochen kam Patient seiner Arbeit wieder nach, ging spazieren und sah frisch und wohl aus. Der etwas zu große Uebermuth zog ihm Ende Januar einmal einen Rückfall zu; er hatte sich in heftigem Ostwinde erkältet und in der Diät kein Maaß gehalten; nach dem

Schwunde eines abermaligen, mit eigenthümlichen membranösen Fetzen vermischten Auswurfes und bei Fortsetzung der Calcaria erholte er sich jedoch auch diesesmal und ich entließ ihn in sehr zufriedenstellendem Zustande aus der Behandlung.

So erfreulich dies erste Resultat der hierher gehörigen Versuche war, so habe ich mich doch eines gleichen nicht wieder zu erfreuen gehabt und bin deshalb entfernt, es irgend zu überschätzen. Die folgenden Beobachtungen haben mich vielmehr gelehrt, daß auch bei den Tuberculosen wohl eine Bethätigung des Zellenbildungsprocesses im Allgemeinen, eine Hebung der Kräfte durch die Calcaria bewirkt, daß aber die Dyscrasie selbst nur wenig davon influencirt wird.

Ich hoffe zu genügen, wenn ich mich bei den hierhergehörigen Fällen auf die Mittheilung der Resultate beschränke; es würde nutzlos und ermüdend sein, die sämmtlichen Krankengeschichten aufzuführen. — Im Ganzen liegen mir jetzt zwölf Beobachtungen vor, denen sich eine von Herr Dr. Lorent in Bremen hinzugesellt.

34ste—46ste Beobachtung. Die drei ersten Fälle betreffen Individuen, welche an sehr vorgeschrittener Tuberculose mit bedeutender Cavernenbildung litten. Koch und Kronenberg, resp. 55 und 37 Jahr alt, hatten Cavernen in beiden obern Lungenlappen; der Verlauf der Krankheit war ohne besondere Eigenthümlichkeiten und endete mit dem Tode. Die Calcaria hatte keinen Erfolg, als höchstens den, daß die Abmagerung den bedeutenden Verlusten durch Schweiße und Sputa durchaus nicht entsprach und die Kranken fast nie über großes Schwächegefühl klagten. Dasselbe war bei dem dritten Kranken, Leilig, der Fall, doch nahm hier in der letzten Zeit der Körperumfang bedeutend ab. Der Patient litt vor einem halben Jahre an Pleuritis sinistra, dieselbe hatte ein Exsudat zurückgelassen, es war der untere Lungenlappen mit ergriffen und neben bedeutenden Cavernen in den obern Lappen fand sich in der Leiche statt des untern linken Lappens ein großer Eitersack, in den die offenen, größern Bronchialstämme hineinragten. Wunderbar genug, daß sich während des Lebens hier niemals bedeutende Blutungen einstellten; beim Auscultiren nahm man Flaschenklingen in ausgezeichneter Weise wahr. Was die Leichenbefunde selbst anbetrifft, so waren sie im Uebrigen die gewöhnlichen, und die Tuberkel oder Cavernen zeigten keine Eigenthümlichkeiten, die sich etwa auf die Anwendung des Kalkes hätten zurückführen lassen. — Ein vierter Patient, Trost, wurde lange Zeit an einem chronischen Geschwüre des rechten Unterschenkels behandelt, es verheilte dies bei der Darreichung des Kalkes; nach kurzer Zeit kehrte er mit beginnender Tuberculose in beiden Lungenlappen in's Hospital zurück, das Geschwür brach nach wenigen Tagen wieder auf. Der tuberkulöse Proceß schritt unaufhaltsam zur Cavernenbildung (links oben) fort; der Kalk hatte keinen Einfluß, außer vielleicht den, daß auch hier die Abmagerung bei bedeutenden Verlusten durch Sputa, Schweiß, Diarrhoe u. s. w. sehr unbedeutend war; der Patient behielt stets eine frische, gute Farbe; — den endlichen Ausgang der Krankheit erlebte ich nicht, da Pat. von seinem Wunsche, nach Deutschland zurückzukehren, nicht abzubringen war. — 5ter Fall. Der Patient, Null, leidet seit einigen Jahren an Tuberculose, ist 32 Jahr alt, in der letztern Zeit sehr abgemagert. Oben, links, hinten ist eine bedeutende Caverne sehr leicht nachweisbar; ein ausgezeichnet schönes Flaschenklingen wird wahrgenommen. Ich habe diesen Patienten fünf Monate lang beobachtet und wenn auch jeden Tag eine gleiche, bedeutende, gegen 1/4 Quartier betragende Menge eitriger Sputa entleert wurde, so veränderte sich bei dem Gebrauch der Calcaria das Allgemeinbefinden nur vortheilhaft; die Kräfte wurden in dem Maaße wieder hergestellt, daß Patient das Hospital zu verlassen wünschte. — Obgleich in diesem Falle gleichzeitig Ol. jec. Asell. gebraucht wurde, so muß ich doch das im Ganzen günstige Resultat auf Rechnung der Calcaria und der stets sehr nahrhaften Diät schreiben, da sich früher unter dem alleinigen Gebrauch des Ol. jecor. der Zustand nur verschlimmert hatte. — Ganz ähnliche Resultate erhielt ich in dem 6ten und 7ten Falle. Die Patienten Stegmann und Rosenblum, resp. 42 und 49 Jahr alt, litten, der erste an noch im Beginne befindlicher, der letztere an schon zur Cavernenbildung vorgeschrittener Tuberculosis pulmonum. Bei jenem wurde der Proceß nicht aufgehalten, doch war die Kräfteabnahme sehr gering und dem Fortschreiten des Krankheitsprocesses nicht entsprechend; er verließ das Hospital, um zu seiner Familie zurückzukehren, ehe sich eine bestimmte Prognose stellen ließ. Bei dem letztern stellte sich ein sehr günstiges Resultat heraus; die anfangs copiösen Sputa, Schweiße und die allgemeine Hinfälligkeit schwanden, und Patient wurde, fähig seine Beschäftigung als Schneider fortzusetzen, aus dem Hospital entlassen. Sein Körperumfang nahm zu. Die Beobachtung ist übrigens nicht ganz rein, insofern auch Leberthran angewandt wurde. — Im 8ten und 9ten Falle lagen zwei frisch beginnende, beide Male zunächst unter dem Bilde eines leichten Typhus auftretende Tuberculosen vor. — Nach Beseitigung der ersten acuten Erscheinungen wurde alsbald Calcaria gegeben; die Kräfte hoben sich dabei sichtbar, der Körperumfang nahm zu, in keinem Falle kam es zur Cavernenbildung. Bei dem einen Patienten, Schlev, 22 Jahr alt, der den tuberkulösen Habitus nur in sehr geringem Maaße trug, ist meiner Meinung nach bei später hinzugefügter Anwendung des Leberthrans die Dyscrasie total erloschen; er verließ das Hospital sehr kräftig und arbeitsfähig und noch vor Kurzem (ein halbes Jahr nach seiner Entlassung) habe ich ihn im besten Wohlbefinden angetroffen. Der zweite, Bernhard, 20 Jahr alt, litt ohne Zweifel auch an beginnenden Darmgeschwüren, magerte anfangs sehr ab, erholte sich dann aber sehr sichtbar, beim Schwinden der Diarrhoeen, des Hustens und der allgemeinen Mattigkeit. Die Zunahme des Körvermufangs war in diesen Fällen in der That sehr auffallend und ungewöhnlich; ich halte es für unnöthig hinzuzufügen, daß der Kalk natürlich wohl nicht viel nützen würde, wenn seiner Darreichung nicht ein passendes diätetisches Verhalten zur Seite ginge. Vor Allem ist hier die Liebigsche Bouillon zu empfehlen. — Der 10te Fall betraf eine junge Dame, L. H., 23 Jahr alt, Tochter einer an Tuberculose verstorbenen Mutter. Sie wurde plötzlich von Husten, bedeutender Abmagerung und sehr heftiger Diarrhoe ergriffen; ein s. g. hektisches Fieber, Schweiße u. s. w. stellten sich ein, der Krankheitsproceß localisirte sich namentlich auf der Darmschleimhaut, die Prognose konnte in der That auf nichts Anders, als ein baldiges lethales Ende gestellt werden. — Es waren die Diarrhoeen schon länger vergeblich behandelt; sobald Patientin ins Hospital kam, wurde sogleich eine ähnliche Behandlung als bei dem Posamentiergehülfen R. eingeschlagen. Die heftigen Diarrhoeen erforderten anfangs zugleich Plumb. acetic. mit Opium, stellten sich, sobald dies weggelassen wurde, auch zu Anfang wieder ein, allein nach und nach hörten sie auf. In den Lungen machte die Tuberculose keine Fortschritte, dagegen erschien links neben den Lumbarwirbeln und dem Os sacrum, scheinbar von diesen ausgehend, eine harte Geschwulst, welche sich in der benachbarten Musculatur, namentlich unter dem Glutaeus, verbreitete. Anfangs schien diese in Eiterung überzugehen zu wollen, man fühlte in der Tiefe eine leichte Fluctuation; auch kam nach einem gemachten Einstich und bei Anwendung von Cataplasmen eine geringe Quantität Eiter zum Vorschein, (ein Eiter, der, nach microscopischer Untersuchung bedeutende Mengen Fett enthielt) allein dennoch schwand die Geschwulst bis auf ein unbedeutendes Residuum. Nach Sistirung der Diarrhoeen ist auch Ol. jec. Asell. in Anwendung gebracht, der Kalk stets fortgesetzt und das ganze erfreuliche Resultat ist jetzt folgendes: die Kräfte im Allgemeinen sind gehoben, Patientin geht wieder spazieren, die Affection der Lungen ist sistirt, die Sedes sind regelmäßig und normal, der Leib nicht mehr aufgetrieben und tympanitisch, die Geschwulst am Dorsum ist sehr verringert, Patientin kann wieder auf der linken Seite liegen, die Incisions-Wunde ist stark vernarbt. Eigenthümlich waren in diesem Falle noch beständige, ganz oberflächliche, circumscripte silbergroschengroße Ulcerationen der sehr rissigen Zunge; auch diese sind fast total verschwunden, und die ganz reine Zunge bekommt mehr und mehr ein glattes Ansehen. Ich kann nicht unterlassen zu erwähnen, daß die früher stets regelmäßigen Menses während dieser Behandlung cessirten. — Eine sehr eigenthümliche Beobachtung bot der 11te Fall dar; er betraf einen 23jährigen Bäcker, Jung. — In Folge einer Gonorrhoe hatte der in seiner Jugend scrophulöse Patient eine Orchitis des linken Hoden bekommen; das von derselben gesetzte Exsudat tuberkulisirte; es bildeten sich Oeffnungen nach außen und lange Zeit andauernde Eiterungen; der Patient magerte bei dem einfachen Gebrauche von Cataplasmen ab. Plötzlich traten die Erscheinungen einer Miliartuberkulose auf, Patient wurde sehr hinfällig, fieberte sehr bedeutend, allein die acuten Erscheinungen schwanden wieder und in der folgenden Zeit blieben als Folgen nur oftmalige Oppression der Brust, ein geringer, oft für lange Zeit ganz aufhörender Husten und ein zäher, schleimiger, glasiger Auswurf zurück. Nun aber traten auffallende, von mir bis dahin nur zweimal beobachtete Vorgänge auf. Es bildeten sich nämlich im Verlaufe von etwa vier Monaten an den verschiedensten Stellen bedeutende Abscesse über und unter den Fascien. Ein sehr bedeutender an der Wade, über den ganzen Bauch des Gastrocnemius verbreitet, ein anderer an der Volarfläche des Vorderarms, ein dritter auf dem Dorsum des Fußes, ein vierter an dem Dorsum der rechten Hand, ein fünfter am Ligam. Poupart. Aus dem ersten wurde eine enorme Menge jauchigen Eiters entleert, der Ausfluß ließ dann nach und sehr, sehr langsam trat eine Verheilung der großen Absceß-Höhle ein; drei derselben bestehen unverändert fort, ohne sich jetzt noch zu vergrößern, der fünfte an der Hand ist geöffnet und entleert fortwährend viel Eiter. Patient ist dabei schon seit langer Zeit ganz fieberfrei; der Digestions- und Respirations-Apparat bieten keine Krankheitserscheinungen mehr dar, der Urin macht aber fast beständig starke Sedimente von harnsaurem Ammonium, in der ersten Zeit von phosphorsaurer Ammoniak-Magnesia und phosphorsaurem Kalk. (Das harnsaure Ammonium-Sediment weicht jetzt auf Anwendung des Natron sesqui carbonicum). — Während der langwierigen Krankheit hat sich nun in Bezug auf den phosphorsauren Kalk Folgendes herausgestellt: der Patient ist trotz der beträchtlichen Eiterungen kräftiger geworden, sein Colorit hat sich verbessert, der früher wässerige und jauchige Eiter ist in ein pus bonum verwandelt, an den Oeffnungen des Handabscesses zeigen sich kräftige Luxuriationen, die Tuberculose, als solche, macht keine Fortschritte. Es wurde eine Zeit lang auch Ol. jecor. gegeben, allein, anfangs vertragen, rief es später jedesmal Diarrhoeen hervor und mußte verlassen werden. — Jod innerlich und äußerlich, China und Chinin, Mittelsalze, Eisen, Alles ist vergeblich versucht, und ich muß gestehen, daß wir jetzt ziemlich rathlos dastehen. Daß die Tuberculose als solche erloschen ist, ist kaum zweifelhaft; allein welcher Art die jetzt zum Grunde liegende Dyscrasie sein mag, ob an ihrer eigenthümlichen Gestaltung der lange Gebrauch des Kalkes Schuld trägt, darüber mag ich kaum eine Vermuthung wagen. Dennoch habe ich diese Beobachtung hier aufgeführt, da auch sie die Erfahrungen in Betreff der Calcaria bestätigt hat. — Schließlich theile ich den von Herrn Dr. Lorent beobachteten Fall mit und unterlasse die weitere Ausführung eines durchaus ähnlichen von mir bei einem 18jährigen Mädchen D. B. angestellten Versuches.

„Meta M., ein 17jähriges, noch nicht menstruirtes Mädchen, hatte mehre Male Hämoptoë gehabt und anhaltend einen kurzen Husten. Mitte Sommers bekam ich sie in Behandlung, fand sie sehr abgemagert, mit anhaltendem Husten, fieberhaft. Lungentuberkeln scheinen zum Grunde zu liegen. Nachdem der Husten durch die gewöhnlichen und demulcirenden Mittel gemäßigt war, wurde im Herbst Calcaria angewandt, viermal täglich eine Messerspitze voll. Nach längerem Gebrauche schien die Vegetation sich zu heben, Patient wurde bei regem Appetit kräftiger; das Hüsteln dauerte an und selten ist eine Hämoptoë eingetreten; das Allgemeinbefinden ist bedeutend gehoben." — Die ersten 11 dieser Fälle von Tuberculosis sind die, welche ich im Hospital genau beobachtet habe und in denen mir die Anwendung von Calcaria erfreuliche und nicht erfreuliche, jedenfalls aber zuverlässige Resultate lieferte. Mehrfache andere Beobachtungen sind bei den Out-patients unsers Hospitals angestellt (Patienten, welche zweimal wöchentlich gesehen werden und ihre Arzneien vom Hospitale erhalten); sie haben dieselben Resultate geliefert. Ich bin gewiß, daß der phosphorsaure Kalk allein durchaus nicht die tuberkulöse Dyscrasie hebt, aber ich glaube, daß wir in ihm eins der mächtigsten Adjuvantia zur Unterstützung der gegen dieselbe eingeschlagenen Behandlungen besitzen. Ob und inwiefern seine Anwendung, deren Erfolg sich in einer gehobenen Nutrition ausspricht, in dieser Hinsicht auf die tuberkulöse Dyscrasie einen irgend wie alterirenden Einfluß ausübt, vermag ich nicht zu entscheiden. Ich bemerke, daß das hier hauptsächlich gegen Tuberculosis angewandte Mittel das Ol. jec. Asell. ist, und daß wir bei seiner Anwendung in Verbindung mit der Calcaria oft recht erfreuliche Erfahrungen machen.

Ich komme zu der letzten Reihe zusammenhängender Beobachtungen, zu den meistens auf scrophulöser Dyscrasie beruhenden Atrophieen und damit verbundenen Diarrhoeen der Kinder, so wie zu den Diarrhoeen in der Dentitionsperiode. Die erzielten Resultate sprechen selbst am besten für die Wichtigkeit des Kalkes in dieser Beziehung.

46ste Beobachtung. J. T., ein $1^1/_2$jähriges Mädchen, litt an einem hohen Grade von Atrophie; die Haut hing in großen Falten und Runzeln an den Extremitäten, das Gesicht hatte jenen eigenthümlichen Ausdruck alter Leute, der Leib war mäßig stark entwickelt, ohne daß man jedoch Geschwülste durch die Bauchdecken hindurch fühlte; Diarrhoeen waren nicht vorhanden, dagegen Helminthen (Asc. lumbric.), von denen eine große Menge bei Gebrauch des Electuar. Anthelminth. entfernt wurde. Der Appetit war sehr stark, das Kind verlangte beständig zu essen. Am 20. August wurde die Calcaria zu zweimal täglich 2 Gran verordnet; das seit ganz kurzer Zeit gebrauchte Ol. jec. Asell., so wie Syrup. ferr. jodat. wurde ausgesetzt. — Wiewohl nun die Beobachtung zu Anfang September durch eine intercurrirende leichte Dysenterie, welche der Zeit epidemisch war, unterbrochen und auf etwa 8 Tage der Kalk ausgesetzt wurde, so war dennoch nach Verlauf von vier Wochen schon eine beträchtliche Besserung bemerkbar. Die Mutter sagte mir, das Kind nehme stark zu und habe angefangen zu laufen. In der That hatten sich die schlaffen Hautdecken etwas gehoben und die Runzeln derselben wurden durch die Neubildungen ausgeglichen. Noch andere vier Wochen wurde mit der Behandlung fortgefahren; dann hatte sich aber das Kind so erholt, daß eine weitere Behandlung unnöthig war. So lange ich das Kind sah, erfreute es sich der besten Gesundheit, sein Aussehen war frisch und blühend.

47ste Beobachtung. Mary R., $1^1/_2$ Jahr alt, trägt den scrophulösen Habitus. Die Lippen sind entzündet, dick geschwollen, mit Krusten bedeckt; das Kind ist atrophisch, leidet, bei geringem Appetit, seit 3—4 Monaten an Diarrhoe; die täglichen 10—14 Stuhlgänge sind oft mit Helminthen vermengt. Zunächst wurde ein Elect. Anthelminth. gegeben und am 26.

Februar dann Calcaria verordnet. Am 1. März waren die Lippen dünner geworden, die Diarrhoe aber nur sehr wenig gebessert. Am 8. März hatte sich das Befinden bedeutend verändert; die Lippen waren fast ganz normal, der Appetit gehoben, täglich fanden 4—5 Stuhlgänge statt, das Kind ist, nach Aussage der Mutter, heiterer und lebendiger, als zuvor. Am 15. März war die Diarrhoe ganz geschwunden, die Lippen waren gesund, der ganze Gesichtsausdruck frischer, das Colorit besser, die Heiterkeit anhaltend. Mit einer neuen Dosis Calcaria wurde das Kind als genesen entlassen.

48ste Beobachtung. Thomas L., 16 Monat alt, leidet an Atrophie. Seit drei Monaten soll er nach Aussage der Mutter täglich abgenommen haben, ist sehr weinerlich, hat seit drei Monaten die Fähigkeit zum Gehen, welche er schon im zehnten Monat besaß, verloren. Der Digestionsapparat bietet catarrhalische Erscheinungen dar, wiewohl die Sedes nicht relaxirt sind. Das Colorit ist blaß, anaemisch; die Muskulatur schlaff und welk. Am 29. Juni wurde zum ersten Male die Calcaria verordnet, ohne daß vorher noch nebenher etwas Andres gebraucht wurde. — Nach vierwöchentlicher Fortsetzung derselben war eine ganz bedeutende Besserung sichtbar. Das Kind ging wieder, die Farbe war besser, die Blässe hatte sich verloren und die Muskulatur wurde kräftiger. Das Kind wurde heiterer. Es ist als genesen am 24. Juli entlassen und bis dahin (Ende October) nicht wieder gekommen.

49ste Beobachtung. William C., 14 Monat alt, ist in der Zahnungsperiode, leidet an Diarrhoe und wird mager. Am 3. September wird sogleich Calcaria gegeben. Am 6. September hat die Diarrhoe schon etwas nachgelassen, die Geschwulst des Zahnfleisches beginnt zu schwinden, das Allgemeinbefinden ist besser. Am 17. September ist die Diarrhoe geschwunden, die Heiterkeit ist auffallend, die Mutter sagt „he gets much stronger.“ Am 4. October zeigte sich die Besserung anhaltend, die Diarrhoe ist nicht wiedergekehrt, das Kind wird als genesen entlassen.

50ste Beobachtung. George G., 3 Jahr alt, trägt den scrophulösen Habitus und leidet namentlich an einer Atrophia extremitatum infer., so wie an einer chronischen Entzündung im rechten Kniegelenk. Es dauert diese seit etwa drei Wochen; das Kind geht stets mit auswärts gedrehtem, rechten Fuße. Bei Anwendung der geeigneten localen Mittel schwand diese Entzündung bald, und es wurde dann am 3. April Ol. jec. Asell. verordnet. Allein der gesammte Zustand besserte sich fast gar nicht dabei; der scrophulöse Habitus, das gedunsene Gesicht blieben dieselben, die Schwäche der untern Extremitäten blieb so groß, daß Patient kaum darauf gehen konnte, „er wackelt,“ wie die Mutter sich ausdrückte. Am 12. Juni wurde deshalb das Ol. jec. ausgesetzt und Calcaria gegeben; im Ganzen wurden drei Drachmen und zwölf Gran verbraucht. Am 10. September erschien das Kind zuletzt. Es konnte fest und sicher auftreten, das Gesammtbefinden war bedeutend gebessert, die Abmagerung der Extremitäten war geschwunden, kurz es blieb nichts mehr zu wünschen übrig. Patient wurde als genesen entlassen.

Ich könnte die Zahl dieser Beobachtungen leicht vermehren, da mir noch mehre vorliegen; ich glaube jedoch die vorstehenden werden meinem Zwecke genügen und ich enthebe mich gern der weitern Aufführung von Krankengeschichten. — Einige sehr interessante Fälle von Atrophia, so wie auch von gleichzeitiger Rhachitis und Arthrocacen sind noch in der Behandlung und ermuthigen ebenfalls nur zu weitern Versuchen. Nicht weniger werden noch verschiedene Geschwure u. s. w. mit gutem Erfolge mit dem Kalk behandelt.

Noch einer Beobachtung erwähne ich hier, welche an Individuen gemacht wurde, die Fontanellen trugen oder denen solche applicirt waren. Wenn diese nämlich eine Zeit lang die Calcaria genommen hatten, so bildeten sich an den Rändern der Fontanelle stets sehr beträchtliche Granulationen so, daß sie oft die eingelegten Erbsen ganz überragten und verdeckten. Da ich dies in so bedeutendem Maaße nicht bei andern Fontanellen gesehen habe, so trage ich kaum ein Bedenken, den regern Zellenbildungsproceß auch hier von der Einwirkung der Calcaria herzuleiten.

Ich schließe damit die Reihe der so kurz als möglich zusammengefaßten Beobachtungen ab, und glaube mich durch sie zu der Aufstellung der folgenden Hauptresultate berechtigt:

1) Gleich wie im Pflanzenreiche und niedern Thierreiche die Abhängigkeit des Zellenbildungsprocesses von der Gegenwart des phosphorsauren Kalkes erwiesen ist, so ist der phosphorsaure Kalk auch im menschlichen Organismus ein nothwendiges Requisit für die Bildung der Zelle.

2) Der phosphorsaure Kalk, als Heilmittel angewandt, hat sich zunächst bei oberflächlichen scrophulösen Geschwüren als den Zellenbildungsproceß fördernd und die Vernarbung der Geschwüre herbeiführend erwiesen.

3) Eine gleiche Einwirkung habe ich bei andern chronischen Ulcerationen, insonderheit auch bei tiefgreifenden syphilitischen Geschwüren beobachtet; daß aber eine hier zum Grunde liegende Dyscrasie des Blutes als solche durch den Kalk nicht gehoben werden kann, bedarf kaum der Erwähnung.

4) Der phosphorsaure Kalk hat sich bei meistens auf scrophulöser Grundlage beruhenden Atrophieen und den sie oft begleitenden Diarrhoeen

der Kinder, namentlich auch in der Dentitionsperiode, sehr wirksam gezeigt.

5) Es ist nicht unwahrscheinlich, daß der phosphorsaure Kalk in einer besondern Beziehung zur scrophulösen Dyscrasie steht, und es möchte in dieser Beziehung sehr der Beachtung werth sein, daß sämmtliche Exsudate (mit sehr seltenen Ausnahmen) bei scrophulösen Subjecten amorph sind; falsch scheint jedoch jedenfalls die Vermuthung, daß der Kalk, als Arzneimittel dargereicht, die Dyscrasie selbst hebe. Ein etwaiges, durch chemische Analysen näher zu entwickelndes pathologisches Verhältniß des phosphorsauren Kalkes würde eben nichts als ein constituirender Theil jener Dyscrasie sein; diesen kann der Kalk heben, einen andern nicht.

In einer Kritik der Dietl'schen Gehirnkrankheiten in Schmidt's Jahrbüchern sagt Dr. Seuhr sehr treffend, daß eine jede therapeutische Entdeckung ein empirisches Stadium durchlaufen müsse, um überhaupt gemacht oder als wahr bewiesen zu werden. Wenn ich nun meinerseits auch einen großen Theil dieses Stadiums in Bezug auf den phosphorsauren Kalk durchgemacht zu haben glaube, wenn ich mir von „feststehenden Resultaten" zu sprechen erlaubt habe, so lege ich dennoch mit einer gewissen Schüchternheit diese kleine Beigabe zur Therapie der Oeffentlichkeit vor, und werde mich erst dann ganz frei von Täuschungen wähnen, wenn von gewichtigern Seiten Bestätigungen meiner Erfahrungen erfolgen. Sollten sich diese, wie ich hoffe, herausstellen, so haben wir in einem den Zellenbildungsproceß im kranken Organismus fördernden Heilmittel einen nicht unwichtigen Beitrag, der in jeder Hinsicht auf Nationalität Anspruch machen darf. Keinem aufrichtigen Arzte ist die große Dürftigkeit unserer therapeutischen Zustände verborgen; in der Mangelhaftigkeit physiologischer Anhaltspunkte liegt der Grund zu derselben. Das Streben, solche Anhaltspunkte zu gewinnen, der Therapie eine mehr rationelle Basis zu geben, ist deshalb in jeder Weise gerechtfertigt. Feststehende, rein empirische Thatsachen behalten immer ihren Werth und wenn man dem rationellen Therapeuten so oft entgegenhält, er könne ja doch nicht einmal erklären, weshalb das Chinin das Wechselfieber heile, so kann dies allgemein ausgestellte testimonium paupertatis eben so wenig dazu dienen, ihn von seinem rationellen Streben abzubringen, als die Achtung vor jenen Thatsachen zu verkleinern. Das aber wird wohl Keiner bezweifeln, daß in dem Verhältniß von Chinin und Intermittens, sei es, welches es wolle, doch eine ratio obwalten muß; es sei denn, daß sich Jemand zu dem nur zu unphysiologischen Geständnisse verstände, zwischen Heilmittel und Organismus finden überhaupt keine rationellen Verhältnisse Statt. Möchte eine richtige Abschätzung der Resultate himmelweit verschiedener Therapieen diejenigen, welche ein solches Geständniß haben laut werden lassen, erinnern, daß sie ein durchlöchertes Kleid mit durchlöcherten Fetzen flicken, und daß ein Hungernder von der Ueberzeugung, daß er Mangel leidet, nicht satt wird.

Kehren wir nach dieser kurzen Abschweifung zu einer weitern Betrachtung den phosphorsauren Kalk betreffender Verhältnisse zurück.

Es ist bekannt, daß die Humoralpathologie, welche zunächst die Betrachtung des Blutes zu ihrem Gegenstande hat, vornehmlich zwei verschiedene Classen von Alterationen desselben anerkennt. Es sind dies die quantitativen und die qualitativen Alterationen einzelner Blutbestandtheile. Die quantitativen erstrecken sich sowohl auf die organischen Verbindungen, als auf die unorganischen; in beiden Beziehungen sind sie von gleicher Wichtigkeit, und die Alterationen der unorganischen Bestandtheile dürfen um so weniger vernachlässigt werden, als die Abhängigkeit des physiologischen Zustandes der organischen Verbindungen von dem normalen Verhältnisse der letztern keinem Zweifel unterworfen ist. Der Ueberschuß von Alkalien im Blute muß eben sowohl einen Krankheitsproceß erzeugen, als der Ueberschuß des Fibrins; der Mangel an diesen oder jenen Salzen eben so bestimmte Störungen in der Stoffmetamorphose herbeiführen, als der Mangel an Eisen, welche Ursachen er auch immer haben mag, in der Chlorose seinen Ausdruck findet.

Was jedoch die qualitativen Alterationen, namentlich der organischen Verbindungen, anbetrifft, diese Alterationen, deren Existenz erst in neuerer Zeit durch die pathologische Anatomie über allen Zweifel erhoben ist, so muß ich noch einmal auf den schon erwähnten Punkt zurückkommen, daß nämlich das Albumin und Fibrin unseres Blutes nicht nur Verbindungen von CHON, sondern daß sie stets zugleich mit Schwefel und phosphorsaurem Kalke verbunden sind. So lange, bis das Gegentheil bewiesen ist, ist durchaus die Vermuthung gerechtfertigt, daß jene qualitativen Alterationen auf quantitativen Mißverhältnissen ihrer integrirenden Bestandtheile beruhen, und es muß demnach die Möglichkeit zugegeben werden, daß auch diese oder jene Alteration des Fibrins oder Albumins in einem quantitativen Mißverhältnisse des phosphorsauren Kalkes begründet sein könne. Ehe nicht durch die chemische Untersuchung dieser Vermuthung ihr Recht geschehen ist, sind in der That jene pathologisch-anatomischen Befunde nur von geringen praktischen Consequenzen und lassen der Erklärung einen weiten Spielraum; daß aber Erklärungen, wie die Zimmermann's: es beruhen jene qualitativen Alterationen auf einer abnormen Lagerung der Molecüle, gänzlich hypothetisch sind und unsere Einsicht auch nicht um eine Haarbreite fördern, bedarf wohl kaum der Erwähnung. — Ich habe diesen Punkt hervorheben zu müssen geglaubt, weil er zeigt, wie schon die einfache Anschauung der physiologischen Verhältnisse des Blutes zu bestimmten Fragen über pathologische Verhältnisse, wie aller Bestandtheile desselben, so auch des phosphorsauren Kalkes, hinführt. Bis dahin sind aber dergleichen Fragen und noch mehr die Versuche ihrer Beantwortung gänzlich hintangestellt gewesen.

Ein zweiter Punkt, auf welchen ich aufmerksam machen möchte, ist das Vorkommen des phosphorsauren Kalkes in Urinsedimenten. Das Vorkommen selbst, namentlich in Kinderkrankheiten, welche mit Zersetzungsprocessen einhergehen, bei bedeutenden Abmagerungen, langwierigen Eiterungen u. s. w. ist wohl allgemein bekannt. Nicht bekannt ist aber meines Wissens die Beobachtung, welche ich über die Erzeugung eines phosphorsauren Kalksedimentes bei kranken Individuen in Folge der innern Darreichung des kohlensauren Natron gemacht. Ich bin mit diesen Untersuchungen noch nicht ganz zu Ende gekommen, so viel aber habe ich als feststehend erkannt, daß man namentlich in Fällen von Rheumatismen, und insonderheit von solchen, die sich in anaemischen Individuen nicht selten finden, durch das Natron alsbald (etwa nach Verlauf von 48 Stunden) Sedimente von phosphorsaurem und kohlensaurem Kalk meistens nebst phosphorsaurer Ammoniak-Magnesia hervorrufen kann. — Wir haben das kohlensaure Natron hier nicht selten und mit gutem Erfolge bei Rheumatismus acutus angewandt. In einigen Fällen, die in sehr robusten, jungen Leuten vorkamen, gelang es mir oft nur sehr langsam, das Sediment zu erzeugen, ja, was mir kaum erklärlich ist, es kam ein Fall vor, in welchem trotz lang fortgesetzter Anwendung des Natr. sesquicarbonic. der Urin nicht einmal alkalisch wurde; in den meisten Fällen dagegen und namentlich solchen, welche, wie erwähnt, in anaemischen (chlorotischen) Individuen auftraten, gelang es fast ohne Ausnahme. Es wurden in 24 Stunden 6 Drachmen Natron gegeben, nach 48 Stunden oder auch nach 3—4 Tagen erschien dann sicher Kalk im Urin, und sobald das Natron wieder ausgesetzt wurde, schwand das Sediment. Oft war das letztere mit Fett und Eiterkörperchen vermengt, diese letztern Beimengungen sind jedoch inconstant und zum Theil von individuellen Verhältnissen abhängig. Auch bei andern Krankheiten, als Scrophulosis, Catarrhus ventriculi rc. rc., habe ich dasselbe Resultat erreicht; es ist mir durchaus nicht unwahrscheinlich, daß es sich in den allermeisten Fällen, wenn nicht immer, erreichen läßt. Die Diagnose des Sedimentes war chemisch und mikroskopisch festgestellt, namentlich in letzterer Beziehung jedesmal durch Zusatz von Schwefelsäure und eventuelle Bildung von Gypscrystallen dargethan, eine Methode, welche mir die sicherste und schnellste für die Diagnose des Kalksedimentes zu sein scheint. — Ueber das Wie? und Warum? dieses interessanten Verhältnisses können wir natürlich nur sehr oberflächliche Vermuthungen hegen; ich beschränke mich deshalb auch auf die bloße Mittheilung des Factums, hoffend, daß eine Zeit, in der wir genauer als jetzt mit den Verhältnissen der bildenden und rückbildenden Stoff-Metamorphose des Körpers bekannt sind, auch diese Vermuthungen zur Wahrscheinlichkeit und Gewißheit bringen wird. — Die bekannte Einwirkung einer hinreichenden Quantität Alkali auf das Fibrin und Albumin, die dadurch einerseits herbeigeführte Auflösung dieser Stoffe selbst, so wie die eventualiter gehinderte bildende und direct oder indirect beschleunigte rückbildende Metamorphose andrerseits möchten jedenfalls die aufmersamste Berücksichtigung verdienen. Wir wissen, daß das phosphorsaure Kalksediment bei erschöpfenden, mit Abmagerungen einherschreitenden Krankheitsprocessen natürlich vorkommt, wir können es künstlich durch kohlensaures Natron erzeugen und nach Allem, was wir über die Wirkung des letztern erschließen können, tritt es hindernd der Entwickeluag eines bildungsfähigen Materiales und damit der Bildung organisirten Gewebes selbst entgegen. In beiden Fällen sehen wir also gleiche Resultate im Organismus — i. e. eine Abnahme der Neubildungsprocesse, der Zellenbildung —

und in beiden Fällen sehen wir ebenfalls den phosphorsauren Kalk als unbrauchbares Material ausgeschieden in dem Urin. — Kann es einen bessern und interessantern Beleg für die ausgesprochene Bedeutung des phosphorsauren Kalkes geben? Können wir freudiger, als durch Auffindung ähnlicher Facta, angeregt werden zu der weitern Verfolgung der so unendlich interessanten Verhältnisse der Stoffmetamorphose? Wir besitzen, das leidet keinen Zweifel, in dem kohlensauren Natron und ihm verwandten Stoffen (den meisten Alkalien) Mittel, die progressive Metamorphose zu hindern oder die regressive zu fördern; der phosphorsaure Kalk bildet ihren Gegensatz, denn er fördert jene, während er diese beeinträchtigt.

Was die Betheiligung des phosphorsauren Kalkes beim Zellenbildungsprocesse selbst anbetrifft, so hat Schmidt darüber, wie oben erwähnt, gewiß eine sehr richtige Vermuthung ausgesprochen. Er meint, um es kurz zu wiederholen, daß eine mit einer gewissen Portion des phosphorsauren Kalkes gesättigte Albuminlösung vorzugsweise die Fähigkeit besitze, sich in Berührung mit heterogenen Körpern zu relativ festen Membranen um diese herum zu verdichten, d. h. die Wand primärer Zellen zu bilden. Insofern es nicht an Beispielen fehlt, daß sich in Flüssigkeiten, welche das nothwendige Material enthalten, auch außerhalb des Körpers und ohne Zusammenhang mit organisirten Körpertheilen Zellen gebildet haben, Beispiele, unter denen namentlich die von Helbert über die Eiterbildung in der einer durch ein Canthariden-Pflaster erzeugten Blase entnommenen klaren Flüssigkeit, sehr schlagend zu sein scheinen*); so ist, wie ich meine, auch die Möglichkeit vorhanden, daß sich in einem künstlich gemischten Fluidum, welches die nothwendigen Requisite zur Zellenbildung, so weit wir sie

*) Vgl. Vogel, Pathologische Anatomie des menschlichen Körpers. Leipzig 1845. p. 84. — Das Werkchen von Helbert ist betitelt: De exanthematibus arte factis fragmenta. Gottingae 1844. Ich habe bei eigenen Untersuchungen die Resultate Helbert's einmal bestätigt gefunden.

kennen, enthält, außerhalb des Körpers in einer geeigneten Temperatur Zellen bilden. — Versuche, welche die Lösung solcher Fragen betreffen, tragen allerdings der wunderbaren Zartheit aller im Organismus selbst vor sich gehenden Bildungsprocesse gegenüber einen hohen Grad von Rohheit an sich, indeß einerseits kennen wir von der Physik des Organismus noch viel zu wenig, als daß wir nicht auch auf diesem Wege Aufklärungen zu erhalten suchen dürften, und andrerseits lassen uns einzelne Blicke in die großartige Einfachheit organischer Bildungsvorgänge nicht ganz grund- und hoffnungslos dem Experimente entgegentreten. Es ist zur Zeit schon höchst wahrscheinlich, daß der Act der Bildung der Zelle selbst ein rein physikalischer, der Beihülfe weiterer organischer Thätigkeiten nicht bedürftig sei, und es dürfte dieser Gegenstand gewiß weiterer und gründlichster Untersuchungen werth sein.

Ich möchte die besondere Aufmerksamkeit auf Versuche dieser Art, welche ich angestellt habe und welche mir sehr überraschende Resultate geliefert haben, hinlenken; ich glaube in der That entschieden, daß es mir gelungen ist, wirkliche Zellen, die von den Exsudatzellen und auch von größern Eiterkörperchen durchaus nicht zu unterscheiden waren, künstlich darzustellen. — Ich hatte zu diesem Zwecke einem Theile eines Hühnereiweißes etwas phosphorsauren Kalk und reines Fett zugesetzt; diese Mischung wurde dann in einem Sandbade einer andauernden Temperatur von 32 Grad R. ausgesetzt und ich beobachtete nun mikroskopisch die in der Flüssigkeit vor sich gehenden Veränderungen. — Meine ersten Versuche gaben mir schon, bei 4—6stündiger Fortsetzung des Versuches die Ueberzeugung, daß ein Niederschlag von Albuminat mit phosphorsaurem Kalk um Fetttröpfchen stattfinde, in spätern, 10—12 Stunden lang fortgesetzten Beobachtungen gelang es mir denn die in Fig. 1. und 2. dargestellten Bildungen zu beobachten. — Eine Reihe neben einander liegender Gebilde dieser Art ließen mich namentlich über die

Art und Weise der Bildung Aufschluß bekommen. Ich sah ein reines Fetttröpfchen, ein anderes, dessen lichte Mitte schon getübt, matt war und schließlich in Folge weitern Niederschlages das Bild einer Zelle, welches in Nichts von einer Exsudatzelle zu unterscheiden war. Wenn ich diese Zellen mit Schwefelsäure behandelte, so erhielt ich durchaus dieselben Resultate, welche ich bei Behandlung von Exsudat- und Eiterzellen, erlangte; es bildeten sich nämlich auf der Oberfläche der Zelle sehr kleine, dunkele Körnchen, Bildungen, welche ich nach den weiter unten anzuführenden Beobachtungen für schwefelsaure Kalk-Crystallchen gehalten habe (cf. Fig. 2). Sehr interessant waren mir hier auch namentlich einige Zellen, welche, selbst etwas größer, eine zweite kleinere einschlossen, ein Bild, welches am meisten der Zeichnung des primitiven Eies von Wagner im Prodromus histor. generat. gleichkam. Es schien sich hier um eine gebildete kleinere Zelle von Neuem Fett und um dieses eine Kalkalbuminat-Verbindung abgelagert zu haben. — Bei Behandlung mit Essigsäure klärten sich die Zellen etwas auf und ließen Körnchen, ähnlich wie bei der Behandlung mit Schwefelsäure hervortreten. — Da nun im Hühnereiweiß schon eo ipso phosphorsaurer Kalk enthalten ist, so frug ich, ob überhaupt der Zusatz von phosphorsaurem Kalk erforderlich sei. Ich setzte deshalb eine einfache Verbindung von Eiweiß mit etwas Fett der erhöhten Temperatur im Sandbade aus, und auch hier fand ich nach etwa 6—8 Stunden sehr vereinzelte kleine Zellen; es waren deren aber nur außerordentlich wenig, ein Resultat, welches sich im Voraus erwarten ließ. Ich bemerke noch, daß ich diese Versuche mehrfach wiederholt habe und in den letzten drei Malen stets zu gleichen Resultaten gekommen bin; ich wünsche weiter nichts, als daß sie ihrer hohen Wichtigkeit gemäß von umsichtigen, und mit ähnlichen Versuchen vertrauten Händen der Prüfung unterzogen werden.

Hier berichte ich endlich auch über meine unlängst mit frischen Blastemen, Eiter, Muskelfasern u. s. w. angestellten Versuche, welche in so schlagender Weise mit Allem, was ich über den phosphorsauren Kalk mitgetheilt habe, übereinstimmten, daß sie mir in der That das höchste Interesse gewährten. Es wird allgemein bekannt sein, daß während der phosphorsaure Kalk nie in crystallinischer Form vorkommt, der schwefelsaure Kalk in den schönsten Nadeln, welcher sich bei weiterer Ausbildung unter dem Mikroskope als rhomboidale Tafeln darstellen, in einer durchaus unverkennbaren Form crystallisirt. Hat man unter dem Mikroskope eine einigermaßen beträchtliche Menge phosphorsauren oder kohlensauren Kalkes, so bilden sich beim Zusatz eines Tropfens concentrirter Schwefelsäure sofort eine Unmasse von Nadeln und rhomboidalen länglichen Tafeln, die zum Theil sehr rasch zu sehr schönen, runden, strahlenförmigen Drusen zusammenschießen, zum Theil als einfache Kreuze (unter rechten oder spitzen Winkeln), oder auch ganz isolirt erscheinen (cf. Fig. 3). — Hat man hingegen nur eine sehr unbedeutende Menge der obigen Kalkverbindungen und setzt nun Schwefelsäure hinzu, so geht langsam vor den Augen des Beobachters der ganze Entwickelungsproceß des Gypscrystalles vor sich, und diesen ganz genau zu kennen, ist durchaus erforderlich, um die folgenden Beobachtungen anzustellen. — Bei dem von mir gebrauchten Prichard'schen Mikroskope habe ich diesen Proceß bei etwa 350facher Vergrößerung folgendermaßen beobachtet. Zunächst bilden sich kleine, schwarze Molecüle oder Körnchen mit deutlicher Contour, welche durchaus noch keine crystallinische Form besitzen, vielmehr eine Urbildungsform für sehr viele Crystalle, wenn nicht, wie die Zelle für organisirte Bildungen, für alle, darstellen; ich habe sie auf gleiche Weise in der Bildung des Harnsäurecrystalls, der phosphorsauren Ammoniak-Magnesia u. s. w. wahrgenommen (cf. Fig. 4 b.); nach und nach erkennt man eine Winkel- oder Kreuzform unter diesen Punkten und Körnchen, es zeigt sich hie und da ein kleinstes, von zwei sich kreuzenden Gypsnadeln gebildetes, im Mikroskope etwa 1/8—1/12''' großes Kreuz, oder eine von den allmählig an Umfang gewinnenden Körnchen gebildete kleinste Rosette, und bei außerordentlich kleinen Mengen von Kalk bleibt bei diesen Formen oft schon die Bildung stehen (cf. Fig. 4 c. und Fig. 5 a.). — Ist jedoch die Quantität des Kalkes bedeutender, so geht es jetzt weiter; man sieht deutliche Kreuze mit einfacher oder doppelter Contour, einzelne Nadeln oder kleine aus ihnen zusammengesetzte Drusen, Formen, die sich endlich zu länglichen, rhomboidalen Täfelchen ausbilden. Diese erhalten dann schließlich, je nach der Menge des Kalkes, eine mehr ausgebildete Gestalt, bis die oben erwähnten Formen erscheinen. — Ich habe gefunden, daß man auf diese Weise die kleinste Menge Kalkes nachzuweisen im Stande ist, und die Form der mit Schwefelsäure gebildeten Crystalle erlaubt approximative Schlüsse auf jene Menge.

Anmerkung. In Bezug auf die hier einmal näher erwähnte Bildungsgeschichte des Gypscrystalls bemerke ich noch, daß ich bei der Bildung der spitzen Winkel der ausgebildeten, rhomboidalen Tafeln denselben, oder wenigstens einen ganz ähnlichen Vorgang beobachtet habe, wie ihn Schmidt in seinem „Entwurf einer allgemeinen Untersuchungsmethode der Säfte und Excrete des thier. Organismus“ pag. 49 von der Winkelbildung der phosphorsauren Ammoniak-Magnesia Crystalle beschrieben hat. — Die Gypsnadel ist anfangs ein reines Oblongum; bei ganz langsamer Ausbildung habe ich dann an den schmalen Enden eine lichte, hellere Umgebung, grade wie in der Schmidt'schen Abbildung Fig V. h. und o., wahrgenommen, und aus dieser bildet sich der spitze Winkel hervor; es wird gleichsam ein rechtwinklichtes Dreieck dem Oblongum an beiden Seiten angesetzt; einige Crystalle waren ganz von einem lichten Mantel umgeben. Cf. Fig. 6.

Ich versuchte nun, ob man durch Behandlung mit Schwefelsäure Gypscrystalle aus frischen Exsudaten u. s. w. erhalten und dadurch den Gehalt an phosphorsaurem Kalk in denselben nachweisen könnte. Diese meine Vermuthung ist vollkommen bestätigt, und überall, wo wir Zellenbildung finden, läßt sich auf diese Weise der Kalk darstellen; ja ich fand weiter, daß je reger der Zellenbildungsproceß Statt fand, desto schönere und größere Crystalle erschienen; es mußte mithin hier die Quantität des Kalkes eine größere sein. (Sollte Jemand einwenden, es hätte kohlensaurer Kalk sein können, so bemerke ich, daß auch nie nur ein Bläschen in dem Objecte entwickelt wurde). Zunächst untersuchte ich das frisch aus einer, durch ein Empl. cantharid. erzeugte Serum. Frisch, so wie es genommen war, untersucht, fand ich nur die allerkleinsten, nur dem damit vertrauten Auge erkennbaren, oben beschriebenen Molecüle; eine Crystallform war daran nicht zu entdecken; sobald ich aber das Serum etwas abdampfte, und nun einen Tropfen der concentrirten Flüssigkeit mit Schwefelsäure in Berührung brachte, entstanden bald früher, bald später (oft erst nach einigen Stunden) deutliche, schöne Crystalle von schwefelsaurem Kalk; Kreuze, Nadeln und sehr feine Drusen. — Von demselben Individuum untersuchte ich 24 Stunden später ein Stückchen des frisch auf dem entblößten Corium gebildeten Exsudates, das sich zum Theil schon als ein Häutchen darstellte, und aus Zellen verschiedener Größe und Eiterkörperchen bestand, und hierin fand ich nun nach etwa zweistündiger Einwirkung der $\dddot{S}$ eine Menge schöner Crystalle, Crystalle, die sich insonderheit auf den Zellen selbst accumulirt vorfanden. — Ich bemerke beiläufig, daß ich unter diesen jüngst gebildeten Zellen Gebilde vorfand, die ganz täuschend denen ähnelten, welche ich bei dem künstlichen Zellenbildungsversuche wahrnahm. Es schienen mir Fetttröpfchen zu sein, um welche sich ein Niederschlag von Albuminat in Verbindung mit Kalk (was durch die Darstellung der Gypscrystalle erwiesen) gebildet hatte. — Diese Versuche habe ich mehrfach wiederholt und habe jedesmal die Bildung von Crystallen in gleicher Weise wahrgenommen. Ich untersuchte jetzt wieder Eiterkörperchen und Eiterserum. Der erste war einer sehr gut granulirenden Wunde am Arm eines von einer Zellengewebsentzündung reconvalescirenden Patienten entnommen. Hier nahm ich nur sehr, sehr kleine Crystallformen, fast nur die obigen Molecule wahr, jedoch wurden auch einzelne kleine Nadeln und Kreuze beobachtet. Aus einem andern jauchigen sehr dünnflüssigen Eiter eines an einem Abscesse leidenden scrophulösen Subjectes, so wie aus dem dünnflüssigen, schlechten Eiter und einer kleinen schwammigen Granulation aus dem Boden des Ulcus eines mit Krebs des untern Augenlides behafteten Patienten gelang es mir nicht, nur ein Crystall darzustellen; ich nahm nur einzelne wenige der kleinsten Molecüle wahr.

Unter den vielen interessanten Bemerkungen, welche Liebig in seinem Aufsatze über die Constitution des Harns der Menschen und der fleischfressenden Thiere in Liebig's und Wöhler's Annalen 1844. Band 50. über die Verhältnisse der phosphorsauren Salze im Organismus mittheilt, finden wir pag. 178 auch die durch Verbrennungsprocesse bewiesene, daß „bei dem Uebergange des Blutes in Muskelfaser offenbar der größte Theil der phosphorsauren Alkalien in die Circulation zurücktrete, während eine gewisse Menge phosphorsauren Kalkes in chemischer Verbindung in den Organen bleibe.“ Diese Menge nun, so unendlich gering sie auch in einem Stückchen frischer Muskelfaser sein mag, welches auf das Objectglas gebracht der Art ausgebreitet ist, daß die Querstreifen der Fasern deutlich erkennbar sind, diese Menge, sage ich, läßt sich ebenfalls auf die obige Weise nachweisen. Ich habe ein kleines Stückchen frischen Muskels 24 Stunden lang mit $\ddot{S}$ befeuchtet stehen lassen und nach diesem Zeitraume finde ich, in einem unter das Mikroskop gebrachten Minimum desselben an einer Stelle deutliche Gypscrystalle, Nadeln, zarte Drusen und die zu Kreuzen vereinigten Nadeln, Crystalle, deren viele selbst eine deutliche doppelte Contour zeigten. Es sind besonders schön an dieser Art von Präparaten die verschiedenen Entwickelungsstufen der Crystalle nachweisbar. —

Daß phosphorsaurer Kalk im Fleische, ja in allen organisirten Bildungen vorkomme, wußten wir lange; er ist aber meines Wissens auf diese Weise und in diesen kleinsten Quantitäten bisher nicht nachgewiesen. Die vorstehenden Beobachtungen müssen uns einen neuen Beweis für seine weite Verbreitung und seine daraus zu erschließende eminente Bedeutung für Bildungsprocesse organisirter Stoffe liefern. Die Beobachtungen über seine allergeringste Quantität in bildungsunfähigen Materialien erlauben einen weitern Schluß auf diese Bedeutung, und es möchten fortgesetzte Untersuchungen dieser Art die letzten positiven Beweise für die oben aufgestellten Behauptungen beizubringen im Stande sein.

Ueber eine weitere medicinische Anwendung des phosphorsauren Kalkes habe ich selbst nur eine sehr geringe Erfahrung; dennoch möchte ich in den folgenden Punkten einige Andeutungen für weitere Beobachtungen geben.

Zunächst halte ich die Calcaria für ein wichtiges Mittel zur Reconvalescenz von schweren, allgemeine Abmagerung herbeiführenden Krankheiten. Ich habe sie angewandt bei Typhus-Reconvalescenten und sah vorhandenen Decubitus außerordentlich rasch verheilen, die allgemeine Hinfälligkeit bald gehoben, die Zunahme des Körperumfanges auffallender als gewöhnlich. — Ich habe sie ferner gebraucht bei Patienten, welche an bedeutenden Zellgewebsvereiterungen gelitten hatten, und sah die Neubildung des verloren gegangenen Bindegewebes außerordentlich rasch entwickelt. Ich werde nicht anstehen, sie in allen ähnlichen Fällen zu versuchen; in Krankheiten, während deren Verlauf wir phosphorsauren Kalk in den Urinsedimenten beobachten, ergiebt sich, wie ich meine, die Indication zu Versuchen von selbst; bei den erwähnten und sehr bekannten Zellgewebsvereiterungen habe ich bei der Anwendung von Ligaturen und der sofortigen Darreichung von

Calcaria phosphor. nebst China und Säuren die herrlichsten Resultate beobachtet. —

Eine zweite Indication scheint dem ersten Blicke nach bei der Rhachitis vorzuliegen und, so viel ich weiß, ist der Kalk hier namentlich in früherer Zeit oft gegeben. Wenn man aber bedenkt, daß bei der Rhachitis mit ihrer Osteomalacie u. s. w. jedenfalls ein Ueberschuß von Säure vorhanden ist, sei er nun primär oder secundär entstanden, so, sollte ich meinen, wäre es gerathener, bei ihr den kohlensauren, als den mit der stärkeren Phosphorsäure verbundenen Kalk anzuwenden. Wenigstens werde ich in allen künftigen Fällen den Anfang damit machen und den Erfolg abwarten. Ich habe bis jetzt leider wenig Gelegenheit zur Beobachtung der Rhachitis gehabt; in einem letzthin vorgekommenen, sehr eclatanten Falle habe ich jedoch, Versuchs halber, lediglich den phosphorsauren Kalk angewandt. Der dreijährige Knabe gebraucht denselben jetzt seit fünf Wochen, ist dabei im Ganzen kräftiger geworden und geht wieder (was er längere Zeit nicht konnte); allein die Anschwellungen fast der sämmtlichen Epiphysen der Knochen sind noch nicht geschwunden.

Ueber die Caries der Knochen und ihr Verhältniß zum Kalk habe ich bis dahin auch keine genügenden Erfahrungen gemacht; es liegen aber Untersuchungen vor, die zur Anstellung von Versuchen auffordern. In den Annalen der Chemie und Pharmacie von Liebig und Wöhler, Band 57, Heft 3, 1846, befindet sich ein Artikel von v. Bibra: über die Zersetzung, welche die Knochen durch Caries erleiden. Das Hauptresultat dieser schönen Untersuchungen ist das, daß die Zersetzung, Auflösung und Entfernung der Knochensubstanz von einem bedeutenden Schwunde des phosphorsauren Kalkes begleitet sei. Während sich z. B. in dem obern Theile einer wegen Caries im Fußgelenke amputirten Tibia 51,02% Kalkerde fanden, ward in einem Knochenstück aus der spongiösen Substanz der cariösen Gelenkfläche nur 25,83 und in einem Knochenstücke der am stärksten ergriffenen Theile nur 12,90% Kalkerde gefunden. Der in der Norm nur 1—3% betragende Fettgehalt der Knochen steigt dabei sehr bedeutend, in dem angegebenen Falle z. B. von 1,21 auf 29,41. — Mehrfache andere Untersuchungen führten zu ähnlichen Resultaten. Auch Valentin's Analysen cariöser Knochen *) ergeben dasselbe. Während die Tibia eines gesunden Mannes von 38 Jahren 61,98% Asche und in dieser 84% phosphorsauren Kalk lieferte, wurde in einer cariösen Tibia eines gleichalten Mannes 44,12% Asche und darin 77,93% phosphorsaurer Kalk gefunden. Auch Davis Untersuchungen erweichter Knochen (Lond. med. Gaz. 1847. Febr.) gaben ähnliche Befunde. Er fand in 100 Theilen der pathologischen Knochen Kalkphosphat 16,40%; Kalkcarbonat und Magnesiaphosphat 4,88%; Fett 20,35%; Gelatina 58,37%; in gesunden Knochen hingegen: erdige Materien 66,70% und thierische Stoffe 33,30%. Das Schwinden des Kalkes in cariösen Knochen leidet nach diesen mehrfachen Untersuchungen keinen Zweifel, und es ist gewiß von hohem Interesse, die Frage, ob und welchen Einfluß eine innere Darreichung des phosphorsauren Kalkes hier ausübe, durch Versuche zu entscheiden.

Eine fernere Anwendung möchte ohne Zweifel bei Fracturen zu versuchen sein. Es sind uns schon einige hiezu ermuthigende Mittheilungen von Fletcher in der Lancet 1846. Vol. II. № 15. gemacht. Gestützt auf die Beobachtung, daß ein Huhn mit einem gebrochenen Fuße Eier ohne Schaalen lege, stellte Fletcher an einem Canarienvogel, der ein gebrochenes Bein hatte, Versuche an. Zur Begünstigung der Ablagerung der Knochenmaterie bekam der Vogel eine ziemliche Menge Kalk. Er konnte schon am 6. Tage sein zerbrochenes Bein wieder gebrauchen, und da nach dem gewöhnlichen Gange der Dinge drei Wochen vergehen, bevor eine

*) Repertorium für Anat. und Physiol. 1838. p. 306.

so günstige Veränderung eintritt, so war der Erfolg gewiß überraschend. Im Hinblick auf diese Thatsachen wendete Fletcher den Kalk bei Fracturen an. Er reichte von gebranntem Knochen oder präparirtem Kalk täglich dreimal einen Scrupel in Form einer Mixtur und verdünntes Kalkwasser zum Getränk. In zwölf Fällen wurde die herrliche Wirkung dieser Behandlung constatirt, sieben dieser Fälle werden mitgetheilt. Die Kranken konnten meistens ihre gebrochenen Glieder in 8—10 Tagen bewegen und rotiren, und in 14 Tagen wieder gebrauchen. Schlechte Constitution, Kachexien, wird hinzugefügt, verhindern auch hier die Heilung. — Ich habe in Folge dieser Mittheilungen den Kalk in vier Fällen, welche mir bis dahin zu Gebote standen, angewandt. Zunächst bei einem 8jährigen Knaben, welcher an einer Fract. femoris litt. Er erhielt täglich Calcar. phosphoric. ℈β und konnte in der dritten Woche den Schenkel rotiren und bewegen; gehen konnte er in der vierten Woche. — In dem 2. Falle lag eine complicirte Fractur des Unterschenkels bei einem 28jährigen Arbeitsmann, Thomas Lee, vor. Die Eiterung, welche sich sehr weit unter und zwischen den Muskeln verbreitete, dauerte lange Zeit und es trat während derselben keine Verbindung der Knochenenden ein. Sobald sie indeß aufhörte, wurde sehr rasch ein Exsudat von den letztern geliefert und die vollständige Callusbildung war etwa in 14 Tagen vollendet. Patient ging dann leicht und fest einher und wurde entlassen; es war aber der Callus selbst ein sehr luxuriöser geworden. — Der dritte Fall betraf ebenfalls eine Fractura cruris, bei einem 38jährigen Arbeitsmann. Es konnte derselbe am 18. Tage nach der Erkrankung das Bein schon aufheben, in der vierten Woche ging er umher. Der vierte Versuch endlich wurde bei einer Fractura ulnae an einem 30jährigen Manne gemacht; die vollständige Verheilung und Genesung wurde binnen drei Wochen erzielt. Aber auch in diesen beiden letzten Fällen wurde trotz der geringern angewandten

Quantität Kalkes eine bedeutende Callusbildung beobachtet und eben von dieser Seite her möchten weitere Versuche große Vorsicht erfordern. Eine Gabe von täglich 4 Gran phosphorsauren Kalkes wird, glaube ich, durchaus hinreichend sein, die Callusbildung zu beschleunigen, und mit ihr werde ich künftige Versuche anstellen.

Weitere für diesen Gegenstand wichtige Beobachtungen verdanken wir v. Bibra in seinen „chemischen Untersuchungen über die Knochen und Zähne des Menschen und der Wirbelthiere rc. 1844. Schweinfurt.“ — Er fand bei eierlegenden Thieren nach der Entziehung von Kalksalzen Verschwinden der Kalkdeposita auf der Eierschaale und endlich Cessation des Eilegens, so wie Chossat bei Tauben nach längerer Entziehung von Kalksalzen Knochenbrüchigkeit und Diarrhoe (NB!) bemerkte. Bei der Untersuchung der Knochen des Huhns, welches der Kalkinanition unterworfen war, ergab sich eine Abnahme der anorganischen Substanz um etwa 10%, eine Abnahme der phosphorsauren Kalkerde um 6—10%.

Damit will ich hier die Reihe der Fragen, welche ihre Antwort durch die Praxis erhalten können, begränzen. — Daß sich der phosphorsaure Kalk mit der Zeit mehr und mehr als ein höchst wichtiges Heilmittel herausstellen wird, daran hege ich nicht den geringsten Zweifel; möchte aber auch die Chemie bald im Stande sein, uns über die physiologische und pathologische Bedeutung des Kalkes weiter aufzuklären! Ohne ihre kräftige Beihülfe werden wir noch lange Zeit tüchtiger Fortschritte in der Therapie entbehren müssen.

Haben sich erst unsere Kenntnisse hinsichtlich der chemischen Verhältnisse und Veränderungen der integrirenden Blutbestandtheile in pathologischen Processen erweitert, so muß sich damit eine Menge neuer und höchst wichtiger Aufgaben für die Therapie stellen; es wird namentlich nur auf diese Weise der wichtigste Theil derselben, die Diätetik, zu einer so durchaus nothwendigen Rationalität gelangen können. Für sie ist dann aber noch ein Zweites nöthig, und das ist die Kenntniß der Zusammensetzung der Nahrungsmittel selbst. — Was der Dünger dem Felde, ist die Nahrung dem Menschen; fehlt dort ein nothwendiger Bestandtheil, so fehlt das Produkt; es erzeugt sich kein Amylon, kein Gummi, kein Zucker bei dem Mangel von Alkalien, bei dem Fehlen der phosphorsauren Salze bildet sich kein Albumin und Fibrin aus. Nicht anders ist es im thierischen Organismus; der Mangel irgend eines Bestandtheiles der Nahrung muß einen pathologischen Zustand herbeiführen, und mit der entsprechenden Hinwegnahme oder mit der vermehrten Zufuhr dieser oder jener Nahrungsmittel müssen wir eben diese Zustände heilen können.

Ich möchte zum Beleg der interessanten Abhängigkeitsverhältnisse zwischen Nahrung und Bildung der einzelnen Bestandtheile des Organismus ein Beispiel anführen, welches uns die Untersuchungen Boussignault's über die Entwickelung der mineralischen Bestandtheile in dem Knochensysteme des Schweines liefern*). So lange die jungen Schweine gemischte Nahrung erhielten, nahm die Entwickelung des Knochensystemes einen raschen Fortgang; die Quantität des phosphorsauren Kalkes erhöhte sich binnen 8 Monaten von 84,1 auf 91,3%. Sobald dann aber die gemischte Nahrung mit einer Nahrung von Wasser und Kartoffeln vertauscht wurde, hörte die rasche Weiterentwickelung auf, und in 3½ Monaten nahm der Gehalt an phosphorsaurem Kalk nur von 91,3 auf 92,4% zu. Höchst interessant ist dabei das Resultat, daß dennoch mehr phosphorsaure Kalkerde in den Organismus aufgenommen, als durch die Kartoffeln (der Analyse zufolge) eingeführt wurde. Es konnte dieser Ueberschuß durchaus

*) Liebig und Wöhler's Annalen der Chemie u. Pharmacie Bd. 59. Heft 3.

keine andere Quelle, als das Wasser haben. Die Untersuchung dieses letztern ergab nun auch, daß es sehr kalkhaltig sei (in 900 Litres fanden sich 179 Grammes), und wir gelangen demnach zu dem Resultate, daß auch die anorganischen Bestandtheile des Wassers zur Bildung von Bestandtheilen des thierischen Organismus verwendet werden. — Aehnliche Betrachtungen erheben die Kenntniß von der Zusammensetzung der Nahrungsmittel, ohne welche wir z. B. nicht erklären können, warum denn Schwarzbrod und Kartoffeln scrophulösen Kindern schädlich sind, zur höchsten Wichtigkeit, und wenn es unzweifelhaft ist, daß die Bestandtheile der Nahrungsmittel, je nach dem Boden, welcher sie erzeugte, verschieden sind, so ist die Kenntniß dieser Bodenverschiedenheit selbst in der That von um so höherer Wichtigkeit, als sie uns im Allgemeinen das bietet, was die Analyse der einzelnen Pflanzen einer bestimmten Gegend im Speciellen darlegt. Diese Kenntniß ist von durchaus gleich hoher Bedeutung, als die der atmosphärischen Verhältnisse verschiedener Länder, Gegenden und Districte, als die der durch langjährige Gewohnheiten stabil gewordenen Sitten und Gebräuche verschiedener Nationen — Kenntnisse, die sämmtlich erforderlich sind bei der Erforschung des Wesens einzelner Krankheitsprocesse, so wie bei der Aufsuchung neuer, auf festen Grundlagen stehender therapeutischer Principien. Wir müssen auf diese Verhältnisse recurriren, um uns die endemischen Verschiedenheiten in der Entwickelung des menschlichen Organismus zu erklären; wir müssen sie vor Allem in Betracht ziehen bei der Nachfrage nach der Ursache endemischer Krankheiten. Das hier und dort endemische Auftreten von Scropheln ist nicht auf andere Weise zu erklären, und wenn wir in Frankreich die Tuberculosen so häufig, in England dagegen sehr selten mit Fettleber combinirt sehen, so müssen auch diese Verhältnisse ihre endliche Grundlage in der Verschiedenheit des blutbildenden Materiales, so wie in der Verschiedenartigkeit diätetischer Gebräuche und atmosphärischer Verhältnisse finden. Die Beschaffenheit der Oberfläche des bebauten Bodens ist aber keineswegs eine ganz stabile; sie wird mannigfach durch die Verhältnisse der Agricultur, wie Liebig in seiner Agriculturchemie so schlagend nachgewiesen, verändert, und auch diesen Punkt dürfen wir in Bezug auf Krankheitserscheinungen nicht ganz unberücksichtigt lassen. Wenn wir im Laufe vieler Jahre gewisse chronische Krankheitsprocesse eine weitere, zunehmende Verbreitung finden sehen, ein Verhältniß, welches sich ohne Zweifel in unserer Zeit bei Scrophulosis oder Tuberculosis herausstellt, so liegt es nicht fern, auch hier in Veränderungen der Beschaffenheit der Bodenoberfläche einen Grund zu jener Verbreitung aufzusuchen. So ist z. B. offenbar — wenn auch vielleicht nicht direct mit den erwähnten Krankheiten im Zusammenhange —, daß die Bodenoberfläche mit der Zeit an dem Gehalte des phosphorsauren Kalkes verlieren muß, denn von den Millionen von Knochengerüsten, zu denen dieser das Material liefert, kehrt ein nicht unbeträchtlicher Theil nicht wieder zu den fruchttragenden Feldern als Dünger zurück; das oben erwähnte Beispiel von der in England durch Knochendüngung herbeigeführten Veränderung der Fruchtbarkeit der Felder mag einen Beweis liefern, daß nicht Jahrtausende erforderlich sind, um in dieser Hinsicht sichtbare Effecte herbeizuführen.

Es liegen uns nur sehr vereinzelte Arbeiten vor, welche sich mit Umsicht mit der Aetiologie endemischer Krankheiten beschäftigen; im Allgemeinen sind die hierhergehörigen Studien und namentlich die Nachweise einer Uebereinstimmung und Abhängigkeit pathologischer Processe mit endemischen Verhältnissen bis dahin vernachlässigt; es finden sich in den Hand- oder Lehrbüchern der Pathologie zwar eine große Menge von Angaben, die aber in der That oft nichts mehr als Phrasen sind und jeder wissenschaftlichen Begründung entbehren. Wir sind zur Zeit meines Wissens nicht in dem Besitze einer guten medicinischen Geographie im weitesten Sinne des Wortes; so schwierig aber die Ausführung eines solchen Werkes auch ist, der dadurch zu stiftende Nutzen würde eines reichen Lohnes gewiß sein; denn es kann nicht fehlen, daß ein genaues und gründliches Studium der in verschiedenen Ländern verschiedenen tellurischen und atmosphärischen Verhältnisse ein bedeutendes Licht über viele Krankheitsentwickelungen verbreitet.

Es werfen sich hier, als in das Gebiet allgemeiner Physiologie gehörend, eine Menge von Fragen auf, für deren Beantwortung ein Zeitraum von mehreren Generationen kaum hinreichend sein wird. Dennoch, abgesehen von dem großen Reize, welchen wissenschaftliche Betrachtungen dieser Art an sich tragen, müssen auch sie einmal näher in's Auge gefaßt werden, als es bis dahin der Fall war; sie müssen es im Gebiete der praktischen Heilkunde sowohl der Theorie halber, als namentlich wegen der unendlich wichtigen praktischen Consequenzen, welche sich aus ihnen gewinnen lassen. — Der einzelne Organismus, ein Theil der gesammten Schöpfung, steht mit allen übrigen Theilen derselben in so unmittelbaren Beziehungen, daß seine Lebenserscheinungen im gesunden und kranken Zustande nicht begriffen werden können, ohne eine gleichzeitige Betrachtung dieser übrigen Theile. Der Mikrokosmus steht nicht in dem schroffen Gegensatze zum Makrokosmus, welchen man ihm früher vindicirte; Entdeckungen großer durchgreifender Naturgesetze liefern den Nachweis überall existirender gleichartiger und ineinander fassender Processe. Nur die Kunst hat bisher oft getrennt, was die Natur in eine ununterbrochene Kette von Erscheinungen zusammengefügt hat. Seit Dujardin's Untersuchungen über die Infusorien, seit der wichtigen Entdeckung Wöhler's über die Sauerstoff-Entwickelung der Frustulien in der Rodenberger Saline, seit dem neuerdings bekannt gewordenen Nachweis der Kohlensäure-Erhalation der Schwämme und Pilze von Döpping und Schlossberger, seit Schmidt's gehaltreichen Forschungen über die Identität der Substanz der Pflanzenzellenmembran mit der des Ascidien- und Frustulien-Mantels sind, um hier ein Beispiel anzuführen, die bisher gezogenen Grenzen zwischen Pflanzen- und Thierreich gefallen; ja Schmidt hat weiter in der neuesten Zeit den Versuch gemacht, auch die schroffe Scheidung zwischen organischen und unorganischen Stoffen abzuweisen und ruhmvoll, auf Schwann's und Schleiden's großartigen Forschungen fußend, eine neue Naturanschauung durchgeführt. Er bewundert es mit Recht, „daß weder Physiologen noch Physiker „es versuchten, den Gestaltungsproceß einst organisirt gewesener, „jetzt in's s. g. anorganische Reich zurückgetretener Stoffe, jener „Vermittler der organischen und unorganischen Natur, mit denen „die Chemie der zusammengesetzten Radicale sich beschäftigt, au„ßerhalb des Organismus, für sich, zu beobachten. Grade die„ses Studium," sagt er, „ist von der höchsten Wichtigkeit für „den Inductionsbeweis eines Hauptsatzes der Physiologie, den näm„lich, daß wir es in der unorganischen, wie organischen Natur „mit denselben chemischen Grundstoffen und den ihnen immanen„ten, von ihrem Begriff untrennbaren Kräften, d. h. Ursachen „gewisser Bewegungserscheinungen zu thun haben, deren Summe „wir als individuelles Leben bezeichnen."

Von der hohen Wichtigkeit dieser allgemeinen Naturerscheinungen durchdrungen, habe ich es zu Anfang ausgesprochen, daß die durch die vorliegenden Beobachtungen abgeschlossene Erkenntniß eines allgemeinen Naturgesetzes mir das wichtigere Resultat derselben zu sein scheine. Der mangelhafte Zustand einer allgemeinen vergleichenden Physiologie macht es erforderlich, die wenigen gleichlautenden Facta im Bereiche des organischen Geschehens zusammenzustellen und das Wenige, was wir besitzen, auszubeuten und zu benutzen. — Wir finden in dem Resultate der vorliegenden Untersuchungen weiterhin einen Beleg für die Einfachheit der Mittel, durch welche die Natur ihre Zwecke erreicht; dieses Einfache zu erkennen, ist aber auch die letzte und höchste Aufgabe aller Naturforschung. —

Erklärung der Zeichnungen.

Fig. 1. Künstlich aus Fett, Eiweiß und phosphorsaurem Kalk dargestellte Zellen. Dieselben bildeten sich nach Verlauf von 6—7 Stunden. (Cf. pag. 72.)

a. Reine kleine Fetttröpfchen und ein größeres mit schon etwas mehr als normaler matter Oberfläche.

b. Fetttröpfchen, auf denen sich ein Niederschlag von Albuminaten mit Kalk gebildet hat; zu Anfang gröber, in der weitern Ausbildung feiner gezeichnet.

c. Kleine Zellen, welche durchaus den Eiterkörperchen gleichen.

Fig. 2. Dieselben Zellen mit Schwefelsäure behandelt, umgeben von schwefelsauren Kalk-Crystallen. Es ist zu bemerken, daß die Schattirung dieser Zellen dunkler ist, als die der nicht mit Schwefelsäure behandelten.

Fig 3. Schwefelsaure Kalkcrystalle, wie sie sich bei rascher Bildung aus Schwefelsäure und phosphorsaurem Kalk aus Urinsedimenten darstellten.

Fig. 4. Dieselben Crystalle und deren langsame Entwickelung aus mit Schwefelsäure behandelten Urinsedimenten von phosporsaurem Kalk.

a. Ein Theil des Sediments von phosphorf. Kalk (körnchen- und perlenartig) und phosphorsaurer Ammoniak-Magnesia ohne $\ddot{S}$.

b. Frühestes Stadium der Gypscrystalle (wie alle diese Angaben, bei 350facher Vergrößerung).

c. Zweites Stadium.

d. Drittes Stadium. — b, c und d wurden auf ganz gleiche Weise im Serum aus durch Empl. canthar. erzeugten Blasen dargestellt; ebenso im Eiter verschiedener Wunden und aus frischem Fleisch.

Fig. 5. Gypscrystalle, aus frischen Exsudaten, eingedampftem Serum, auch hie und da aus phosphorf. Kalk-Sedimenten im Urin dargestellt, fast sämmtlich aber sehr langsam entwickelt. Namentlich die Formen sub a. scheinen wahre Hemmungsbildungen des Crystalls zu sein. (Es kommt hiebei viel auf die Quantität der zugesetzten $\ddot{S}$ an).

Fig. 6. a. Eine der Abbildung von Schmidt durchaus ähnliche schwefelsaure Kalk-Crystall-Druse.

b. Die einzelnen Crystalle als Oblonga.

c. Die oben beschriebene Bildung der spitzen Winkel nur einmal in dem mit $\ddot{S}$ behandelten Eiter von einem durch Empl. cantharid. entblößten Corium beobachtet.

Fig. 7. Gypscrystalle, welche sich in der raschesten Weise aus mit $\ddot{S}$ behandeltem phosphorsauren Kalk darstellten. Die anfänglichen Bildungsstufen sind hier gar nicht wahrnehmbar.

CPSIA information can be obtained
at www.ICGtesting.com
Printed in the USA
LVHW102042010223
738428LV00002B/186

9 783382 400132